HaffmansTaschenBuch 118

SVEN BÖTTCHER
KRISTIAN KLIPPEL

Mord zwischen den Zeilen

KRIMINALROMAN

HAFFMANS VERLAG

Originalausgabe

Veröffentlicht als
HaffmansTaschenBuch 118, Frühling 1991
Konzeption und Gestaltung von
Urs Jakob
Umschlagbild von
Nikolaus Heidelbach

Satz: Mühlberger GmbH, Gersthofen
Herstellung: Offizin Andersen Nexö Leipzig GmbH
ISBN 3 251 01118 9

1 2 3 4 5 6 – 96 95 94 93 92 91

I.

»Ich mach dann mal eben den Herrn Störmer fertig...«

Störmer drehte sich nach der bedrohlich dicken Besitzerin der lauten Stimme um. Aus der hinter ihrem Schreibtisch gelegenen Werkstatt kläffte ihr Mann eine für Normalsterbliche unverständliche, dem Tonfall nach jedoch zustimmende Antwort zurück. Während die alte Adler-Schreibmaschine das Rechnungsformular beim Einspannen an der oberen, rechten Ecke einriß, kam der hagere Lehrling der Saab-Werkstatt Gröhl aus der großen Halle getaumelt und ließ seinen brillenverglasten Blick durch das Vorzimmer irren.

»Suchst du was, Thommi?« fragte Gröhls dicke Frau, während Thommi die Regale anstarrte und unbeirrbar weiterlatschte. Störmer sah auf den Boden vor den Lehrlingsfüßen.

»Hier muß irgendwo 'n Verteilerkopf rumliegen...«, sagte Thommi noch, bevor er über den Papierkorb stolperte und an seiner Chefin vorbei auf die Regale zuschoß. Lächelnd durchquerte Störmer das als Vorzimmer getarnte Kabarett und betrat die Werkstatt.

Sein blauer Saab stand Unschuld heuchelnd vor der offenen Doppeltür der Garage. Der Himmel, der draußen lauerte, war grau und kündigte Schnee an. Störmer blieb mit in den Taschen des Trenchcoats vergrabenen Händen neben Gröhl, dem Meister aller Hubraumklassen, stehen. Der jetzt über einen Wagen gebeugte Werkstattbesitzer war ihm um etwa einen Meter in der Breite und vierzig Zentimeter in der Höhe überlegen. Ob diese Überlegenheit sich auch auf die Kenntnis von alten Saabmotoren erstreckte, wußte Störmer trotz der langen Bekanntschaft nicht genau zu sagen. Er räusperte sich, und Gröhl drehte sich langsam um.

»Haben Sie an den Scheibenwischer gedacht?«

»Klar.« Gröhl richtete sich lächelnd auf und wischte sich die öligen Hände an einem ungleich öligeren Lappen ab. Im jetzt nach oben gezogenen Mundwinkel des Motorexperten glühte ein zierlicher Zigarillo, der nicht wesentlich besser in sein Gesicht paßte als ein Storch ins Eisfach. »Ham wa dran gedacht. Aber die Wasserpumpe is irgendwann fällig. Ich sag's Ihnen nur. Und neue Reifen sollten Sie sich auch mal gönnen. Bei dem Wetter.«

Störmer nickte kurz. Er hatte beim Studieren der Gröhlschen Rechnungen schon häufiger vermutet, daß der Kfz-Meister die finanziellen Möglichkeiten eines Privatdetektivs vollkommen falsch einschätzte. Die runde Frau des Autowerklers näherte sich den beiden Männern von hinten und drückte ihrem Dauerkunden Rechnung, Fahrzeugpapiere und Wagenschlüssel in die Hand. Störmer steckte alles ein. Einer der großen Vorteile dieser Werkstatt war, daß man ihn seine Rechnungen per Überweisung bezahlen ließ. Andere fielen ihm nicht ein.

»Wissen Sie«, dröhnte Gröhl jovial, »Sie sollten sich einen neuen Wagen zulegen, finde ich. Das da«, und bei diesen geringschätzig ausgesprochenen Worten zeigte er auf den alten Saab, »macht es bestimmt nicht mehr lange. Wie wär's mit so einem?«

Störmer ließ dem ausgestreckten, öligen Zeigefinger des Riesen einen skeptischen Blick folgen und betrachtete das an der Wand hängende Bild eines blechglänzenden Herrenhalbschuhs. *Saab 9000*, behauptete die Kopfzeile des

Plakats. »50 000«, sagte Gröhl. »Bei Ratenzahlung 5,5 % effektiver Jahreszins. Wie wär's?«

»Und wer finanziert dann Ihre Werkstatt?«

Gröhl und sein massiges Weibchen überlegten nicht lange. Sie lachten einfach los. Störmer legte den Zeigefinger an die Hutkrempe und stiefelte durch die dreckige Halle zu seinem Wagen. »Bis bald!« rief Gröhl ihm noch nach, aber Störmer hielt die Bemerkung weder für witzig noch für kommentierenswert. Er stieg ein, ließ den Motor kurz aufröcheln und fuhr hinaus in den Wintervormittag.

Er hatte noch keine fünfzig Meter zurückgelegt, als tropfnasse Taschentücher, die vermutlich Schneeflocken hatten werden sollen, aus dem grauen Himmel auf seine Windschutzscheibe zu klatschen begannen. Die Scheibenwischer funktionierten. Der rechte, der wegen Ermüdungserscheinungen hatte ersetzt werden müssen, flatterte zwar zunächst ein bißchen, fiel dann jedoch in das stetige Hoppeln seines zuverlässigeren Zwillingsbruders ein. Draußen entwickelte sich jetzt ein richtiges Schneetreiben. Wie bestellt; kaum funktionierten die Wischer wieder, ergänzte weiße Pracht aus grauen Wolkenungetümen den Dauerfrost der letzten drei Wochen zu einem soliden Winterwetter. Während Störmer durch die schon seit Monaten vorweihnachtlich dekorierten Hamburger Einkaufsstraßen brummte, begann die gerade reparierte Instrumentenbeleuchtung der Jahreszeit entsprechend fröhlich zu flakkern. Störmer schaltete die Scheinwerfer ein, überlegte, ob er umkehren solle, um Gröhl die Saab-Elektronik als Girlandenersatz um den ölverschmierten Hals zu wickeln, und das Flackern verschwand.

Bis zur Ost-West-Straße benahm sich der alte Saab wie ein richtiges Auto. Nichts klapperte, nichts röchelte, nichts flackerte, nichts qualmte. Erst als Störmer vor einer Ampel anhalten mußte und gerade die Zigarettenschachtel aus der

Jackentasche gekramt hatte, brach der linke Scheibenwischer mit einem zarten Knirschen ab und rutschte elegant auf die Motorhaube. Störmer steckte die Zigaretten wieder ein und seufzte. Binnen Sekunden gelang es den dicht fallenden Kleinlawinen, eine absolut undurchsichtige weiße Wand auf die Windschutzscheibe zu zaubern.

Fluchend stieß Störmer die Wagentür auf und stieg aus, um sich den Schaden anzusehen. Während er den verendeten Scheibenwischer von der dampfenden Motorhaube klaubte und die Scheibe mit der Hand vom Schnee befreite, ging er in Gedanken die Neuwagenpreise durch. Hatte einer der amerikanischen Kollegen vielleicht jemals Probleme mit etwas so Profanem wie einem Auto gehabt? Besaß überhaupt irgend jemand außer ihm ein Fahrzeug, dessen Scheibenwischer ständig abknickten wie sozialistische Politiker im Westwind?

Die Achtklanghupe des hinter dem Saab auf das optische Startsignal wartenden Golf GTI dröhnte Störmer in die schneenassen Ohren. Er betrachtete zuerst den Fahrer der blechernen Hutschachtel, dann die grüne Ampel und schließlich wieder den Fahrer, der jetzt entschlossen an seinem Sportlenker herumkurbelte, um den lästigen Hindernis auszuweichen. Dabei fluchte er sich hilfreich die Seele aus dem von einer grünen Krawatte abgeschnürten Leib. Er ließ es sich nicht nehmen, die vor Störmers Füßen befindliche Schneematschpfütze beim Beschleunigen zu durchqueren und dem begossen im Schnee stehenden Privatdetektiv eine Badewannenfüllung kalten Wassers auf die bis zu diesem Zeitpunkt so gut wie trockenen Hosenbeine zu verpassen. Daß er jetzt wenigstens gleichmäßig naß war, hielt Störmer nicht davon ab, dem hirnlosen Raser mit einer Geste klarzumachen, was er von Gratisduschen hielt.

Die Weiterfahrt zum Büro gehörte in die Abteilung urbane Blindflüge und machte Störmer soviel Spaß wie eine

Radioshow mit Marcel Marceau. Als er den Wagen endlich abstellen durfte, hätte er mit seinen kalten, vom Scheibenwischen durch das offene Seitenfenster getönten Fingern sogar einen extrem kurzsichtigen Stier zur Weißglut getrieben.

2.

»So passen Sie doch um Himmels willen auf!« kreischte Doris Waldner, als Störmer die Tür des Vorzimmers hinter sich ins Schloß fallen ließ und das schlaffe Stück Stoff abnahm, das in seinem derzeitigen Zustand sogar bei einem Antikputzlappenwettbewerb nur unter ferner liefen gelandet wäre. Störmer hielt mit dem nassen Hut in der Hand inne und sah seine Sekretärin fragend an. Erstens wußte er nicht, auf was er aufpassen sollte, und zweitens fragte er sich wieder einmal, welcher Gott Doris Waldner mit dem unbegreiflichen Talent ausgestattet hatte, in wirklich jeder Rock-Pullover-Kombination auszusehen wie das Malbuch eines Farbenblinden. Seine Sekretärin entwirrte sich mühsam aus ihrem neuen, ergonomisch gestalteten Bürofolterschemel und stand seufzend auf.

»Sie machen ja alles naß. Meine Güte.«

Sie trippelte an ihrem klatschnassen Arbeitgeber vorbei, griff in einen der alten Ablageschränke, zerrte ein Handtuch aus einer Schublade und drückte es Störmer energisch in die Hand.

»Hier.«

»Danke.«

Störmer nahm das Handtuch entgegen, wanderte weiter, ohne sich abzutrocknen oder Doris eines weiteren Blicks zu würdigen, betrat sein Büro, legte den Hut auf die Heizung und nahm neben seinem liebsten Stück Platz. Unter seinen Füßen bildete sich eine Pfütze. Doris sah es und folgte ihm. Es war noch keine halbe Stunde her, daß sie das Büro gewischt hatte. Da diese Tatsache ihrem Chef nicht besonders zu imponieren schien, versuchte sie es auf die mütterliche Tour.

»Den Tod werden Sie sich holen, Herr Störmer. Ziehen Sie doch wenigstens die Hose aus.«

Bevor sie handgreiflich werden konnte, stand Störmer auf und beförderte sie aus dem Büro. Wenn er etwas nicht ausstehen konnte, dann waren es Sekretärinnen, die erstens nach jedem Friseurbesuch anders aussahen und ihm zweitens auch noch an die Hose gingen. Er schloß die Tür, zog Schuhe, Mantel und Hose aus, legte sie über die Heizung und setzte sich hinter den Schreibtisch. Vor dem Fenster torkelten noch immer Schneeflocken zu Boden wie betrunkene Ärzte, und die Scheiben hinter dem nassen Hut auf der Heizung beschlugen schnell. Störmer öffnete die obere rechte Schublade, in der er zu jeder Jahreszeit eine Wärmflasche griffbereit liegen hatte, und holte Glas und Scotch heraus. Er goß das saubere Glas halb voll. Wenigstens das hatte Doris mit der Zeit begriffen. Es nützte nichts, das Glas abends nicht abzuspülen oder einfach wegzuwerfen, also hatte sie irgendwann resigniert und es mit den Kaffeetassen zum Abwaschen aufgestellt. Seitdem trank Störmer kultiviert. Er würgte einen halben Liter Wasser aus seinen Socken, zog sie wieder an, und hatte Füße und Socken gerade zum Trocknen in die warme Büroluft ausgestreckt, als Doris zaghaft an die Tür klopfte. Störmer legte die Hände in den Nacken und lehnte sich zurück.

»Ja.«

Doris streckte ihren kleinen Pudelkopf ins Zimmer. Ihrem Gesichtsausdruck nach zu urteilen, gelang es der

Sekretärin nicht vollständig, die nackten Beine ihres Chefs zu übersehen.

»Haben Sie den Zettel schon gesehen?«

»Welchen Zettel?«

»Den am Telefon.«

Störmer wandte den Kopf nach rechts, dorthin, wo das schwarze Telefon auf der abgestoßenen Platte des Schreibtisches hockte. Etwas Kleines, Gelbes klebte daran.

»Ich sammle keine Briefmarken, Doris.«

»Das ist ein Post-it-Zettel.«

Störmer rupfte den kleinen Aufkleber vom Telefon und versuchte, das Gekrakel zu entziffern. Doris kam ihm zu Hilfe.

»Herr Polzin hat angerufen. Sie möchten bitte zurückrufen. Die Nummer steht unten. Das ist in Bullenhausen.« Dem Klang ihrer Stimme nach mußte der Vatikan sich dort niedergelassen haben.

»Warum schreiben Sie Zettel, wenn Sie sich das sowieso merken? Gibt's das wirklich, Bullenhausen?«

»Ja. Ich hab nachgesehen.«

»Aha. Und was soll dieser ehrfürchtige Klang?«

»Na, Alexander Polzin.«

»Und?«

»*Der* Alexander Polzin.«

»Nie gehört. Kriege ich einen Kaffee?«

»Vom Strand-Verlag.«

»Ach, *der* Alexander Polzin.«

Störmer nickte. Er war vollkommen sicher, noch nie von Alexander Polzin gehört zu haben. Den Strand-Verlag nicht zu kennen, war in Hamburg so unmöglich wie eine Krawatte zur Badehose, aber warum man den Namen des Strand-Verlegers oder -Buchhalters mit solcher Ehrfurcht auszusprechen hatte wie Doris, leuchtete Störmer nicht ein. Sie mußte wieder die Literaturseite der ›Brigitte‹ gelesen haben. Wer dort eine mehr als zweizeilige Widmung bekam, gehörte in Doris' kleinen Augen zu den Großen der Kulturszene, selbst wenn er am nächsten Tag auswanderte und in Ghana Bergziegen züchtete. Statt das Zimmer zu verlassen, stand Doris noch immer in der Tür und erwartete offenbar eine Entschuldigung.

»Kaffee«, sagte Störmer.

»Ja. Kaffee.«

Sie rührte sich nicht vom Fleck.

»Für mich, Doris.«

»Ja. Gut.«

Sie verschwand nach einem kurzen Japsen ins Vorzimmer, und Störmer griff kopfschüttelnd zum Hörer. Er entzifferte die Telefonnummer und vertraute der Wählscheibe die Zahlen an. Während er sich das Intervalltuten anhörte, kam Doris zurück, setzte die Tasse mit dem dampfenden Kaffee neben dem Telefon ab und blieb vor dem Schreibtisch stehen. Störmer betrachtete sie stirnrunzelnd. Erstens schien sie schon wieder beim Friseur gewesen zu sein, zweitens war ihr Lippenstift verschmiert, und drittens hatte sie eigentlich keinen Grund, in seinem Büro herumzustehen wie das Modell eines geschmacklosen Malers.

»Haben Sie nichts zu tun, Doris?«

»Wie?«

»Ob Sie nichts zu tun haben. Was stehen Sie hier ...«

Es knackte in der Leitung, und eine tiefe Stimme brummte Störmer ein lautes »Ja« ins Ohr. Doris rührte sich nicht vom Fleck, während ihr Chef antwortete.

»Störmer. Herr Polzin?«

»Ja. Ach, Herr Störmer.« Die Stimme klang wie ein in Doppelkorn gebadeter Amboß. Polzin hielt sich nicht lange mit höflichen Fragen auf. »Sie sind im Moment hoffentlich nicht zu beschäftigt?«

Störmer betrachtete sein halbvolles Glas. Das war eigentlich alles.

»Hält sich in Grenzen. Worum geht's denn?«

»Das möchte ich nicht am Telefon besprechen. Kommen Sie doch bitte zu mir heraus. Heute nachmittag würde mir passen. Um drei. Sonst...« Er blätterte diverse Seiten seines Terminkalenders gut hörbar um. »Nein, sonst sieht es schlecht aus«, murmelte er, nachdem er den August des nächsten Jahres erreicht haben mußte.

»Schon gut«, sagte Störmer. »Wann?«

»Fünfzehn Uhr. Um Ihre Bezahlung machen Sie sich bitte keine Sorgen.«

Störmer rief sich seinen letzten Kontostand und das fielmannbebrillte Gesicht des zuständigen jungen Bankangestellten in Erinnerung. Polzins Ton gefiel ihm nicht. Trotzdem sagte er zu.

»Schön. Ich wohne am Südstrand, Nummer 17. Sie müssen links ab, wenn Sie von Hamburg kommen.«

»Notiert.«

»Finden Sie hin?«

»Ich bin Privatdetektiv.«

»Gut.« Polzin blieb sachlich. »Um fünfzehn Uhr.«

»Ja.«

Der Besitzer der rauhen Stimme legte auf, ohne sich zu verabschieden. Doris Waldner starrte ihren mit dem Telefonhörer dasitzenden Chef an wie ein dummes Kind den Mann mit der Schokolade und krächzte: »Na?«

»Was, ›na‹?«

»Haben Sie den Auftrag angenommen?«

»Ich weiß noch nicht mal, um was es geht.«

Störmer legte den Hörer zurück auf die Gabel. Dreihundert Mark hatte ihn das alte Telefon gekostet. Ohne Postzulassung. Er griff nach der Kaffeetasse und kostete. Der Kaffee war wie üblich hervorragend; in dieser Hinsicht war seine Sekretärin mehr als brauchbar. Aber in welcher noch? Störmer betrachtete sie. Sie stand noch immer vor dem Schreibtisch.

»Ist noch was, Doris?« fragte er über den Tassenrand.

»Nein«, sagte sie, aus ihrer Trance erwachend. »Aber ist es nicht toll, daß Sie für einen Prominenten arbeiten?«

»Was soll daran toll sein?«

»Ach, Sie sind komisch.« Doris schüttelte den Kopf und verschwand durch die halbverglaste Tür ins Vorzimmer. Was war daran komisch? Was machte es für einen Unterschied, ob ein Klient reich oder arm, gelb oder grün, unsterblich oder blutarm oder was auch immer war – solange er in sauberen Westen steckte und seine Rechnungen bezahlte.

3.

Obwohl das Schneetreiben aufgehört hatte, kam Störmer nicht ohne Scheibenwischer aus. Die schicken Autos seiner schicken Vordermänner rotzten Dreck und Wasser auf die Windschutzscheibe des Saab, und Störmer mußte seine gewagte Wischernothilfe schon beim Abbiegen zum Johannisbollwerk auf Tauglichkeit überprüfen. Es sah nicht so aus, als wolle der leukoplastverbundene Metallwischer dieses Spiel lange mitspielen.

Himmel, Wasser, Straßen und Menschen schienen sich darauf geeinigt zu haben, an diesem Tag das gleiche Grau zu tragen; die gesamte Innenstadt glich der Arbeit eines hungernden Impressionisten, der alle Farben außer Schwarz und Titanweiß hatte versetzen müssen. Auf den vielbefahrenen Ausfallstraßen hatte der Schnee keine Chance gegen die warmen Autoreifen, aber auf Gehwegen und Geländern hielt er hartnäckig die Stellung und wartete auf Nachschub von oben. Während der langen Fahrt über die Reichsstraße biß Störmer bei jedem Schwung des linken Wischers die Zähne zusammen und fluchte ein stummes Gebet gen graue Wolken; er bog an der alten Harburger Elbbrücke ab und fuhr über den wegen des geringen Verkehrs noch immer schneebedeckten Neuländer Hauptdeich bis nach Bullenhausen. Die Dörfer längs der schmalen Straße duckten sich hinter den Deich und erwarteten ängstlich die nächste Sturmflut.

In Bullenhausen fuhr Störmer von der Hauptstraße in die Straße am Südstrand ab und ließ den Saab langsam über den einspurigen Weg rollen. Eine durchgehende weiße Mauer trennte die Häuser auf der linken Seite von der Straße. Störmer hatte solche Noblesse nicht an der Süderelbe erwartet.

Das Haus hinter dem weißlackierten Eisentor mit der goldenen 17 lag direkt am schmutzigen Elbwasser, wirkte von der Straße aus groß genug, um Hunderten von Aussiedlern Platz zu bieten, und ließ den Schluß zu, daß Polzin nicht lange über den Erwerb von Kaviar oder Kleinflugzeugen nachdenken mußte. Störmer stieg aus und betätigte die Klingel über dem goldenen Briefschlitz.

Während er seinen Atem dampfend aushauchte, sah er sich mißmutig um. Im Sommer mochte es hier draußen schön und auf verschlafene Weise romantisch sein. Im Winter wirkte es so anziehend wie eine überfahrene Katze. Hier duckten sich keine roten Katenhäuser feige in den Deichschatten; alles war weiß gestrichen und versuchte, sauber zu wirken. Kein Auto summte über die Straße am Südstrand, während Störmer wartete.

In einiger Entfernung hinter dem Tor wurde eine Tür geöffnet, und ein zickiges Kläffen drang an Störmers Ohr.

Hunde reicher Leute waren in der Regel verzogene Sabberer mit glänzendem Fell, während die Hunde armer Leute ebenso grundsätzlich beißwütige Monster waren. Es war nicht leicht, sich angesichts dieser Fakten für eine Reihenfolge der Abneigung zu entscheiden. Störmer dachte darüber nach, während der Hund gegen das Tor sprang, Polzin öffnete und ihn, »Aus jetzt, Diana, aus« brummend, empfing. Diana, ein schlanker, zotteliger englischer Setter, litt offenbar an einer schweren Persönlichkeitsspaltung; dem klinkerfarbenen Trend-Hund gelang es mühelos, gleichzeitig bedrohlich zu knurren und harmlos mit dem Schwanz zu wedeln. Störmer ließ sich nicht in die Falle locken und behielt die Hände in den Taschen des Trenchcoats, bis Polzin ihm eine behaarte Hand zum Schütteln anbot. Störmer schüttelte und sah den Verleger an. Er hatte ihn – der Stimme nach – für älter und weißhaariger gehalten. Sein Gegenüber war ungefähr fünfzig, trug seine schwarzgrauen Haare zeitlos kurz über einer ständig gerunzelten, leicht fliehenden Stirn und steckte in einem eleganten, dunkelblauen Anzug, der wie aus Geldscheinen genäht aussah. Nur die großen Lederschuhe und die Seidenkrawatte wirkten noch etwas teurer.

»Grüße Sie, Herr Störmer«, sagte Polzin. »Mögen Sie keine Hunde?«

»Nicht so früh am Tag.«

Der Setter ersetzte sein Knurren für einen kurzen Moment durch sabberndes Hecheln, bevor er verängstigt kehrt machte und ins Haus zurücklief. Polzin wies mit dem ausgestreckten Arm einladend auf das verschwindende Hundehinterteil.

»Kommen Sie rein. Da drin ist es gemütlicher.«

Störmer folgte dem gutgekleideten Verleger über einen langen, unter der Schneedecke knirschenden Kiesweg zur Haustür. Die hinter dem Tor gelegene Auffahrt führte, flankiert von eisverkrusteten Pflanzen, in sanftem Schwung hinunter in den Keller, wo der Architekt eine Garage versteckt hatte. Vermutlich genau neben der hauseigenen Bar, um den Wagen notfalls mit bleifreiem Wodka auftanken zu können. Über dem grauen Garagentor wiesen mehrere, von Querstreben in kleine Quadrate aufgeteilte Scheiben den von der Straße aus gaffenden Spaziergänger darauf hin, daß er sich einer Geldquelle näherte. Die schwere, edelhölzerne Wohnungstür mit dem goldenen Klopfer paßte sich dem allgemeinen Pomp an. Störmer folgte Polzin hinein, und der Verleger schloß die Tür.

Das riesige Wohnzimmer lag direkt neben dem ebenfalls großzügigen Flur, und schon von der Haustür aus konnte man durch die komplett verglaste Vorderfront des Hauses hinaus auf ein zur Elbe hin sanft abfallendes, jetzt schneebedecktes Grundstück sehen. Störmer legte Mantel und Hut an der Garderobe ab, betrachtete die weit entfernt an einem kleinen Privatanleger vertäuten Boote, und folgte dem Bootsbesitzer in das zwei Stufen niedriger gelegene Wohnzimmer. Die Marmorauslegeware konnte Polzin kaum im Baumarkt gekauft haben, und die strategisch günstig verteilten orientalischen Teppiche waren vermutlich auch kein Sonderangebot eines Teppich-Discounts gewesen. Störmers fein gekleideter Auftraggeber war neben einem gläsernen Beistelltisch mit goldenem Rahmen stehengeblieben und hielt die geschliffene Karaffe mit der bernsteinfarbenen Flüssigkeit schon in der Hand.

»Scotch, oder?«

Störmer nickte, und Polzin lachte. »Dachte ich mir. Etwas anderes hätte auch nicht zu Ihrem Aufzug gepaßt.« Er bemerkte Störmers Blick und sah sich in seinem Wohnzimmer um, als sehe er es zum ersten Mal. »Gefällt's Ihnen?«

»Entzückend. Solange man kein Fensterputzer ist.«

Polzin goß den Scotch in zwei eckige Gläser.

»Eis?«

»Nein, danke.«

Störmer näherte sich dem Scotchglas und nahm es entgegen. Zu seiner Linken stand eine teure Sitzgarnitur aus grauem Leder um einen Couchtisch mit grüner Steinplatte herum. Vor der Steinwand lauerten eine schwarze Design-Stereoanlage und ein monströser Sony-Monitor. Über der Kleinmesse für elektronischen Spielkram hingen ölige Bilder von stürmischen Meerlandschaften mit kleinen, in der Ferne heroisch absaufenden Jollen. Störmer nippte an seinem Drink.

»Ein Maler aus der Gegend«, sagte Polzin. »Otto Timmsen. Nicht besonders bekannt, und das meiste ist verschollen. Außer diesen sind nur zwei weitere Bilder erhalten. Und die hängen in Museen. Das da drüben«, sagte Polzin und zeigte an die der Glasfront gegenüberliegende Wand, »sagt Ihnen vielleicht eher zu. Wesselmann.«

»Aha«, sagte Störmer und nippte an dem wertvollen Whisky.

»Interessieren Sie sich für Kunst?«

»Ich verstehe nichts davon.«

»Schade. Ein schönes Thema.« Er ließ das an der Wand hängende Bild nicht aus dem Auge, und fuhr nachdenklich fort. »Es war schön, daß Eva sich auch dafür interessiert hat. Vor allem für die Maler dieser Gegend. Die Timmsens stammen von ihr. Sie konnte an keiner norddeutschen Scheune vorbeifahren, ohne sie nach Timmsens zu durchsuchen.«

Störmer sah sich um. Er entdeckte drei weitere Bilder auf der anderen Seite der Tür, konnte sich jedoch nicht entscheiden, welche er für Wesselmanns, Timmsens oder Kunst halten sollte. Er räusperte sich.

»Warum haben Sie mich herkommen lassen?« sagte er und sah im gleichen Moment zu Boden. Er bekam warme

Füße. Dafür gab es bisher genausowenig Gründe wie für das andere Extrem. Die Fußbodenheizung konnte man offenbar auch zum Braten von Spiegeleiern benutzen. Störmer sah sich nach einem wärmeabsorbierenden Läufer um und entdeckte einen vor dem Schreibtisch an der rechten Seite des Zimmers. Auch Polzin sah in diese Richtung.

»Setzen wir uns doch dort drüben hin.«

Störmer kam der Aufforderung eilig nach und nahm in dem lederbezogenen Stuhl vor dem schweren Mahagonischreibtisch Platz. Das edle Möbel wirkte aufgeräumt und wurde zur Linken von einem kleinen Tischchen flankiert, auf dem kunstvoll geschnitzte Schachfiguren in Kampfposen erstarrt herumstanden. Schräg hinter dem Chefsessel, in den Polzin sich gleiten ließ, tanzten Flammen durch einen großen Kamin wie betrunkene Sambatänzer. Was nicht nur hinter dem Schreibtisch fehlte, waren Bücher. Störmer klemmte die Beine unter den Stuhl und fühlte sich schon wesentlich besser.

»Also«, sagte Polzin. »Darf ich davon ausgehen, daß Ihnen der Name Eva-Maria Besenbinder etwas sagt?«

»Nein, dürfen Sie nicht.«

Polzin betrachtete seine Fingernägel, bevor er sich in seinem Stuhl zurücksinken ließ und die Beine übereinanderschlug. Sogar in dieser Haltung saß er noch höher als sein Gast auf der anderen Schreibtischseite. Nicht einmal Basketballer hätten bei dieser Sitzkonstellation Gelegenheit, sich dem Gastgeber gewachsen zu fühlen, und Störmer war auch an guten Tagen nicht größer als einsvierundsiebzig. Für Verhandlungen mit Autoren war die degradierende Sitzordnung vermutlich ebenso unabdingbar wie das zur Schau gestellte Desinteresse an irgendwelchen gebundenen oder geklebten Produkten der mitteilsamen Federschwinger.

»Sie lesen wohl auch nicht besonders häufig, oder?« fragte Polzin.

»Ich bin wählerisch.«

»Verstehe.« Polzin faltete leidend die Hände. »Gut. Also ... Eva war die in den letzten fünf, sechs Jahren erfolgreichste deutsche Autorin – jedenfalls, was die Auflage angeht. Haben Sie wirklich nie von ›Die Petersens‹ gehört? Oder von ›Das wird schon wieder‹?«

Störmer schüttelte den Kopf. Wenn er las, dann Zeitungen und gewisse Taschenbücher, deren Wert die Welt beharrlich unterschätzte. Für erfundenen Familienkitsch hatte er sich nie über die Werbelüge auf der Buchrückseite hinaus begeistern können. Er gönnte sich einen weiteren Schluck von dem Whisky und hätte am liebsten nicht weiter zugehört. Das Zeug war einfach zu gut.

»Na schön«, sagte Polzin, ohne das verzückte Gesicht seines Gastes zu bemerken. »Lassen wir das. Entscheidend ist, daß Eva nach diesen Erfolgen das Buch ›Voss & Co‹, eine als Fortsetzung angelegte, norddeutsche Familiensaga, geschrieben hat. Von der Ausbombung über das Wirtschaftswunder bis in die Neuzeit. Das erste dieser Bücher ist – wenn ich mich nicht täusche – '84 erschienen. Sechs weitere folgten, wegen des immensen Publikumserfolgs, jeweils als Taschenbücher – Eva war bisher eigentlich nie eine Hardcoverautorin – und seit '86 oder '87 läuft die Serie im Fernsehen. Eva hat auch die Drehbücher geschrieben.«

»Und?«

»Sie fragen sich, warum ich Ihnen das erzähle?«

»Hätte ich nicht schöner sagen können.«

»Gedulden Sie sich.« Polzin klang so freundlich wie eine religiöse Fanatikerin in einem Sexshop. »Es ist wichtig, auch wenn es sich vielleicht nicht so anhört.« Er griff nach einer auf der Kante des Schreibtisches hockenden Zigarrenkiste und ließ den Deckel aufschnappen, nahm einen schmalen Zigarillo heraus und hielt dann seinem Gast die schimmernde Kiste hin. Störmer schüttelte den Kopf. Sie paßten zu Polzin, diese Dinger, aber nicht zu Werkstattmeistern oder Detektiven. Er zog seine Zigarettenschachtel aus der Innentasche des Anzuges. Seit jeder Durchschnittsdepp meinte, Lucky Strike rauchen zu dürfen, hatte er sich schweren Herzens an andere Marken zu gewöhnen versucht. Die L&M, die er jetzt mit Polzins Jadefeuerzeug entzündete, stellte noch nicht der Weisheit allerletzten Schluß dar. Polzin ließ ein wenig Rauch in den Raum taumeln, bevor er weitersprach.

»Eva war eine Erfolgsautorin, und dadurch natürlich ausgesprochen wertvoll für den Verlag. Aber sie war mehr als das.« Polzin ließ eine Pause entstehen, und starrte den Zigarillo an. Störmer wartete und ließ den Whiskyrest im Glas kreisen.

»Ich war jahrelang mit ihr zusammen.« Polzin wandte sich wieder Störmer zu. »Eva war meine Lebensgefährtin, so sagt man ja wohl, und darüber hinaus Mehrheitseignerin des Strand-Verlages. Ihr Großvater hatte den Verlag... kennen Sie wenigstens den Strand-Verlag?«

Störmer nickte und nutzte seine letzte Chance, nicht von Polzin vor die Tür gesetzt zu werden.

»Der Verlag befindet sich seit Ewigkeiten in Familienbesitz. Wegen gewisser Schwierigkeiten in den Siebzigern habe ich mich beteiligt und die Geschäftsführung übernommen... aber das ist unerheblich, ich will Sie nicht mit Details langweilen. Eva habe ich vor etwa acht Jahren, kurz nach meinem Eintritt in den Verlag kennengelernt. Man kann wohl sagen, daß ich ihrer literarischen Karriere auf die Sprünge geholfen habe.«

Störmer konnte ein Gähnen nicht unterdrücken. Polzin versuchte ihn sekundenlang in den Boden zu starren, bevor er fortfuhr. »Na schön, Herr Störmer. Ich will es kurz machen, damit Sie mir nicht einschlafen. Durch Evas

Tod habe ich nicht nur die Frau verloren, die ich geliebt habe, sondern auch meine Partnerin und erfolgreichste Autorin...«

Störmer stellte das Glas auf dem Tisch ab und schnitt Polzins Rede mit einer erhobenen linken Hand ab. »Halten wir das mal fest. Bisher wußte ich nämlich nicht, daß jemand gestorben ist.«

Der überraschte Ausdruck im faltigen Gesicht seines Gegenübers war nicht gespielt. »Ach, ich dachte... es stand doch groß in allen Zeitungen.«

»Gehen wir mal davon aus, daß ich nur die Sportseiten lese.«

»Aha.« Polzin schien wieder zu überlegen, was wichtig und was unwichtig war. Er spielte mit einer der kunstvoll geschnitzten Schachfiguren herum, die bisher unbelästigt auf dem Brett neben dem Schreibtisch gestanden hatte. »Eva ist vor etwa zwei Wochen mit ihrem Porsche von der Autobahn abgekommen. Der Wagen ist, wohl mit sehr hoher Geschwindigkeit, über eine Brücke geschossen. Es war nichts mehr übrig.« Seine Stimme geriet ein bißchen aus dem stetigen Brummen. »Nichts mehr.«

»Und was wollen Sie von mir?«

Polzin seufzte und sah Störmer an. Sein Blick war jetzt nicht mehr wesentlich härter als ein rohes Ei, und der eiserne Ton war aus seiner Stimme gewichen. Trotzdem konnte Störmer es sich nicht vorstellen, daß der Mann hinter dem Schreibtisch Tränen aus eigener Erfahrung kannte.

»Die Polizei hat die Ermittlungen in diesem Fall gar nicht erst aufgenommen«, sagte Polzin. »Für die ist es ein Unfall, und damit ist die Akte abgeschlossen. Es gibt angeblich keinen Anhaltspunkt für Fremdeinwirkung.«

»Dürfte ja auch schwierig sein. Oder konnte man den Wagen noch als Auto identifizieren?«

Polzin schüttelte nachdenklich den Kopf. »Nein. Völlig zertrümmert und ausgebrannt.« Er schwieg.

»Sie sehen das trotzdem anders?«

»Ja und nein«, seufzte Polzin nach einer theatertauglichen Pause. Er stellte die Schachfigur auf der Schreibunterlage ab, faltete die Hände und sah an die getäfelte Zimmerdecke. »Ich will nicht bestreiten, daß die Straße glatt gewesen sein könnte, schließlich ist der Wagen auf einer Brücke ins Schleudern gekommen...« Er dachte darüber nach, und schüttelte den Kopf. »Aber erstens war Eva eine sehr gute Fahrerin, zweitens ist die Autobahn an der Unfallstelle so gerade wie ein Strich, und drittens war der Porsche so gut wie neu.« Er überlegte wieder, bevor er die Hände aus der Umklammerung löste und Störmer erneut ansah. »Ich hätte Sie nicht angerufen, wenn das alles wäre. Mich verwirren einige andere, gravierende Punkte. Eva muß auf dem Rückweg von der Nordsee gewesen sein...«

»Was wollte sie da?«

»Das frage ich mich auch. Oder, besser gesagt, Sie. Möglich, daß sie recherchiert hat. Für ihren neuen Roman. Der nächste Teil der ›Voss‹-Saga, ›Die harten Jahre‹, sollte wegen der Erfolge in der Vergangenheit als Hardcover erscheinen. Teile des Buches spielen natürlich an der See, aber der Roman ist so gut wie abgeschlossen, also wüßte ich nicht, was sie da oben noch recherchiert haben sollte. Wir waren sicher, mindestens zweihunderttausend absetzen zu können. Hier, in Deutschland. Die Bücher werden ja mittlerweile auch im Ausland verschlungen.«

»Wie schön. Ist das alles?«

Polzin schüttelte langsam den Kopf, stand dann auf und wanderte langsam hinüber zu den riesigen Scheiben. Nach einem kurzen Blick auf die Schneewüste vor der grauen Elbe drehte er sich um.

»Nein«, sagte er. »Eva hat, wie ich seit vorgestern weiß,

ein Testament aufsetzen lassen, in dem sie zum einen verfügt, daß ich ihre Anteile am Strand-Verlag erbe. Das ist natürlich nicht überraschend; wir haben uns schon vor Jahren gegenseitig als Erben eingesetzt. Etwas anderes *ist* überraschend. Oder besser gesagt, unbegreiflich. Eva hat verfügt, daß ›Die harten Jahre‹ nicht im Strand-Verlag, sondern im Pegasus-Verlag erscheinen soll, sofern dort Interesse und Möglichkeiten bestehen, das Buch zu produzieren.«

Störmer stand ebenfalls auf und begab sich auf das heiße Marmorparkett. »Was für Sie ein ziemlicher Schock sein muß.«

Polzin überhörte den Tonfall. »Es ist sehr überraschend, ja. Der neue Vertrag zwischen uns und Eva existiert nämlich schon seit langem, nur hatte Eva ihn bisher noch nicht unterschrieben. Niemand hielt das für notwendig, schließlich hätte sie sich ins eigene Fleisch geschnitten, wenn sie nicht in ihrem eigenen Verlag veröffentlicht hätte.« Polzin sah wieder hinaus auf den Fluß und schüttelte den Kopf wie ein Examenskandidat, der im entscheidenden Moment Bretter vor seiner Stirn entdeckt. »Es ist mir ein Rätsel«, sagte er schließlich leise. »Es stand schon vor ihrem Tod fest, daß das Buch ein Bestseller wird, und jeder Verlag würde Hunderttausende für die Rechte zahlen. Vielleicht mehr. Ja, so, wie es aussieht, vererbt sie Hansen praktisch einige Millionen.«

»Wer ist Hansen?«

»Bernhard Hansen. Ihm gehört der Pegasus-Verlag.«

»Wie hat er denn die Nachricht aufgenommen?«

»Woher soll ich das wissen?« sagte Polzin und marschierte verärgert zu seinem Schreibtisch zurück. »Soll ich ihn vielleicht anrufen und fragen?« Er stützte sich mit beiden Fäusten auf der Schreibtischplatte ab und seufzte. Störmer blieb vor den Fenstern stehen und kratzte sich am Hinterkopf. Der Verleger schwieg beharrlich und angestrengt die Tischplatte an.

»Ich bin nicht besonders gut im Aus-der-Nase-Ziehen«, sagte Störmer schließlich. »Glauben Sie etwa, daß dieser Verleger Ihre Eva von der Autobahn geschubst hat?«

»Möglich. Vielleicht, ja.«

»Dazu hätte er aber erstens Ihre Freundin ziemlich gut kennen und zweitens von dem Testament wissen müssen. Wußte er?«

»Keine Ahnung.« Polzin gab die verkrampfte Haltung auf und ließ sich in den Sessel zurücksinken. Sein Tonfall war wieder beinahe so unangenehm wie üblich. »Darum sollen Sie sich kümmern. Klären Sie das Ganze auf. Wenn Sie beweisen, daß es ein Unfall war; na gut. Aber überprüfen Sie es. Überprüfen Sie, ob Hansen etwas damit zu tun hat. Oder wer sonst. Wieviel bekommen Sie am Tag?«

»Sechshundert. Plus Spesen.«

»Sagen wir achthundert. Dafür ersparen Sie mir die Spesenabrechnung.«

»In Ordnung.«

Polzin zog eine der Schubladen des Schreibtisches auf und zählte vier Fünfhunderter auf den Tisch. Er schob sie Störmer zu. »Reicht das erst mal?«

»Sicher«, sagte Störmer. Die schönen Scheine wurden zur Linken von einer goldenen Stehlampe mit grünem Schirm und zur Rechten von einem gerahmten Foto flankiert, das Störmer nicht erkennen konnte. Da einer der Scheine halb unter den Rahmen gerutscht war, hob Störmer das Bild an, steckte die Scheine ein und betrachtete das Foto. Polzin zuckte, schlug ihm jedoch nicht auf die Finger. Die Frau auf dem Bild hatte dem Porträtfotografen ein Lächeln geschenkt, für das sie den Preis der Aufnahme verdrängt haben mußte.

Das Telefon auf dem Schreibtisch summte wie eine adlige Wespe, und Polzin nahm ab. Er sagte wieder nur »Ja« und hörte dann aufmerksam zu. Während des Zuhörens wurde seine Stirn immer faltiger. Er hätte als Landkarte beim Fasching Preise gewinnen können, hatte allerdings anderes im Sinn. Er unterbrach seinen unhörbaren Gesprächspartner.

»Es ist mir egal, ob bei Kohn jemand die Grippe hat. Der Mann hat seine Liefertermine, und wenn er sich daran nicht halten kann, sehen wir uns eben nach einem neuen Drucker um. Es gibt doch genug, die sich die Finger... Wie bitte?« Er hörte nicht lange zu. »Dann rufen Sie sofort zurück, und sagen Sie ihm, daß Sie sich geirrt haben. Wir haben keine Zeit. Wenn er seinen Betrieb nicht leiten kann, soll er sich nicht selbständig machen. Niemand zwingt ihn. Also. Was?« Wieder hörte er zu, diesmal etwas länger. Störmer betrachtete die Frau auf dem Foto. Ihre Haare waren gefärbt; kein Gott kriegt diesen Rotton zustande, nur ein Chemiker. Sie mußte etwas jünger gewesen sein als Polzin, auch wenn die tiefen Fältchen um ihren Mund und die Augen nicht mehr zu retuschieren waren. Zwischen ihrer schmalen Oberlippe und der erheblich volleren Unterlippe lugten beinahe ebenmäßige Zähne hervor, und in ihren Ohrläppchen baumelten Ohrringe, die wie kleine Fußballer mit Hörnern aussahen. Geld und Geschmack gingen nicht immer glückliche Ehen ein. Die Erkenntnis war so neu und originell wie Yuccapalmen zum Geburtstag. Eva-Maria Besenbinders Augen mußten braun gewesen sein, und paßten zu den hennaroten, in gepflegten Wellen um das runde Gesicht fallenden Haaren. Von den hängenden Fußballern abgesehen war es ein vorteilhaftes Bild.

Polzin hatte lange genug zugehört. Als er antwortete, klang er so entgegenkommend wie eine abbröckelnde Gletscherwand. »Es ist mir vollkommen egal, wie Sie das anstellen, Herr Seifert. Wenn Sie uns diesen Mist eingebrockt haben, dann kümmern Sie sich auch darum, daß es wieder in Ordnung kommt. Ich will die Leseexemplare nächste Woche auf meinem Schreibtisch haben. Punkt. Rufen Sie mich wieder an, wenn Sie das geklärt haben.« Polzin legte auf. Störmer hatte das Bild ausführlich genug angestarrt und gab es dem wütenden Verleger zurück.

»Komische Ohrringe«, sagte er. »Kann ich das Bild mitnehmen?«

»Nein, das hier nicht«, sagte Polzin, während er das Bild wieder auf der Tischplatte plazierte. »Aber ich habe noch eins, warten Sie. Entschuldigen Sie die Unterbrechung, aber es ist wirklich unglaublich. Man kann nichts, absolut gar nichts anderen Leuten überlassen. Unglaublich.« Er kramte in seinem Schreibtisch und wechselte das Thema dabei so abrupt wie Mannequins die Kleider. »Ja, die Ohrringe sind wirklich schön.«

Störmer verdrehte die Augen und verfluchte sich. Es ging schon wieder los.

»Zweimal Hermes«, murmelte Polzin kramend, »der Bote der Götter, Gold mit Brillanten. Im Helm.«

Wenigstens waren es also keine Miniaturnachbauten von Lothar Matthäus. Störmer entschuldigte sich stumm bei der toten Autorin. Die Ordnung in Polzins Schreibtisch schien nicht vollkommen zu sein. Er klappte die linke Tür auf, ohne dabei das Reden einzustellen. Das schmückende Kunstwerk ließ ihm keine Ruhe. »Das war auch so ein Tick von Eva«, sagte er. »Ohrringe. Die beiden Götterboten habe ich extra für sie anfertigen lassen, zum Geburtstag. Unikate. Einen hat Eva leider kurz darauf verloren, aber vielleicht kann man eine Kopie... ah, da ist es.« Er zog einen weiteren Abzug des Porträts aus der Schublade und reichte es Störmer über den Tisch. Damit schien seine

Auskunftsfreudigkeit erschöpft zu sein. Er machte sich nicht die Mühe, seinen begonnenen Satz zu beenden. Es störte Störmer nicht im geringsten.

»Brauchen Sie sonst noch was, Störmer?« fragte Polzin, und Störmer überlegte kurz.

»Wo hat Ihre Freundin gelebt? Hier?«

»Sie hatte auch noch eine Wohnung in der Andreasstraße. Nummer 28. Aber meistens hat sie hier gelebt, ja.«

»Lohnt sich die Wohnung?«

Polzin schüttelte den Kopf. »Nein. Was soll ihre Wohnung bringen? Ich habe ihre Unterlagen durchgesehen, aber keinen Hinweis auf diese unbegreifliche Testamentsänderung gefunden.«

»Gut. Haben Sie einen Schlüssel?«

»Ja, aber ...«

Störmer hielt die Hand auf, und Polzin begann wieder zu kramen. Er fand den Schlüssel nach kurzem Suchen und drückte ihn Störmer in die Hand.

»Danke. Wie alt war Ihre Freundin?«

»Achtundvierzig. Sie ist im November achtundvierzig geworden. Mein Gott.« Es schien ihm erst in diesem Moment aufzugehen, daß sie noch so jung gewesen war. »Wozu ist das wichtig?«

»Alles ist wichtig«, sagte Störmer. »Denken Sie mal über mögliche Feinde nach.«

Polzin verzog das Gesicht. Es schien ihm nicht zu gefallen, daß sein Angestellter in eine andere Richtung als die vorgegebene dachte.

»Keine«, sagte er. »Nur die Kritiker.«

»Spitze Federn bringen niemanden um.«

»Sagen Sie das nicht.« Polzin lächelte fast. »Reden Sie gelegentlich mit einem gescheiterten Schriftsteller. Sie werden sich wundern. Sonst noch was?«

Störmer schüttelte den Kopf. »Nein. Wenn Ihnen

nichts mehr einfällt, nicht. Ich rufe Sie an, falls ich was brauche.«

»Jederzeit. Entweder hier oder im Verlag.«

Diesmal mußte Polzin nicht so lange kramen. Seine Visitenkarten lagen ihm zumindest im Schreibtisch näher als die Fotos und Schlüssel seiner verstorbenen Geliebten. Störmer steckte die Karte und das Foto ein, ließ den letzten Rest des guten Scotch in seine Kehle rinnen und stand auf. Polzin erhob sich ebenfalls und folgte ihm über das heiße Wohnzimmerpflaster zur Tür.

»Rufen Sie mich täglich an«, sagte er, nachdem Störmer Hut und Mantel angelegt hatte und die Türklinke schon in der Hand hielt.

»Nur, wenn wir was zu besprechen haben.«

Polzin schien zu überlegen, ob er das unverschämt oder professionell finden sollte, und entschied sich dann für letzteres. Störmer verabschiedete sich, hörte die Tür hinter sich ins Schloß fallen und atmete die fast reine Winterluft. Es gelang der Kälte nicht vollständig, den fauligen Geruch der verdreckten Elbe unter einem Eismantel zu verstecken.

Störmer bestieg den Saab, ließ den Motor einen Augenblick lang warmlaufen und überlegte. Für einen Abstecher zum Polizeipräsidium am Berliner Tor war es zu spät. Falls Michaelis noch an seinem Schreibtisch saß, würde er zu dieser Tageszeit nicht mehr gut genug gelaunt sein, um als Auskunftsbüro zu dienen. Störmer startete den Wagen und ließ das Herrenhaus hinter sich in der einbrechenden Dämmerung versinken. Auf der Elbe war nichts mehr los, und zum andächtigen Betrachten der träge vorbeirollenden Fluten war es zu kalt. Blieben also nur noch der Weg in die leere Wohnung in der Andreasstraße und ein Besuch im Archiv der Springer-Verlage, um die richtigen Zeitungen abzustauben und vor dem morgigen Besuch im Präsidium ein bißchen Halbwissen anzusammeln. Störmer betrachtete den Scheibenwischer. Gröhl. Er durfte nicht vergessen, den Meister anzurufen.

4.

Die Wohnung in der Andreasstraße empfing ihn mit dem kühlen, erdigen Duft, mit dem sich ungeheizte Wohnungen in der naßkalten Jahreszeit bevorzugt schmücken. In Hamburg konnte man also beinahe ständig damit rechnen. Störmer schaltete die Deckenbeleuchtung ein und schloß die hohe Tür hinter sich. Die Flurdecke war stuckverziert, und hinter der ersten Tür lag eine geräumige Küche, aus der man auf den Hinterhof starren konnte, wenn man nichts Besseres vorhatte. Gegenüber, zur Straße hin, befand sich ein bis auf volle Bücherregale, einen einfachen, dicht mit Papieren beladenen Schreibtisch und einen großen Sessel leeres Wohnzimmer, das so einladend wirkte wie eine Streckbank. Störmer ließ den Schreibtisch zunächst rechts liegen und wanderte über die knarrenden Holzdielen nach nebenan in ein kleines Eßzimmer. Es war ebenso karg möbliert wie das Wohnzimmer und schien keine wertvollen Hinweise auf seine Benutzerin bereitzuhalten. Störmer rührte auch hier nichts an und setzte seinen Weg fort. Er hielt sich zwei Minuten im Badezimmer auf, ohne etwas Interessanteres als einen verchromten Fön zu finden, und betrat schließlich das Schlafzimmer.

Zum Hof hin schloß sich ein winziger Balkon an, der nur darauf zu warten schien, sich in die Tiefe zu stürzen, und neben dem Doppelbett an der linken Zimmerwand stand ein vermutlich wertvolles antikes Schminktischchen. Ihm gegenüber wartete ein riesiger Kleiderschrank auf neue Modellkleider, und vor dem Fußende des Bettes verdeckte ein großer Fellteppich die polierten Dielen. Störmer machte sich seufzend an eine der Beschäftigungen, die er am wenigsten mochte, und wühlte in der sauberen Wäsche anderer Leute. Er durchsuchte den Kleiderschrank nachlässig, ohne zu wissen, wonach, fand nichts und verließ das Schlafzimmer wieder.

Die ganze Wohnung schien bei oberflächlicher Betrachtung nicht mehr über ihre Besitzerin verraten zu wollen als ein gut geführter Friedhof, also sah Störmer etwas genauer hin. Er setzte sich an den Schreibtisch und blätterte in den zahllosen Zetteln, die Eva-Maria Besenbinder dort abgelegt hatte. Er fand Notizen, die keinen anderen Sinn haben konnten, als später einmal in Bücher einzugehen. Er fand seitenweise rührselige Anekdötchen, die vermutlich unter anderen Umständen das gleiche Schicksal erlitten hätten, und einige Zeitungsausschnitte: In den weniger kopflastigen Blättern war die Erfolgsautorin offenbar immer sehr wohlwollend aufgenommen worden, aber warum sie die ebenso widerlichen wie den kurzen Anekdötchen nach berechtigten Verurteilungen der angeblich besseren Feuilletonisten aufgehoben hatte, wollte Störmer nicht einleuchten. Er legte die Ausschnitte weg, gestand Eva-Maria Besenbinder eine latent masochistische Grundhaltung zu und suchte weiter. Nach einigem Wühlen stieß er auf den Terminkalender der Autorin. Im Frühjahr und Sommer war sie häufig in Dörfern mit seltsamen, sehr friesisch klingenden Namen gewesen und hatte Termine mit einer verwirrenden Vielzahl von Personen vereinbart. Es paßte gut ins von Polzin gemalte Bild der recherchierenden Autorin. Bis zum Oktober wurden die Termine immer spärlicher, und schließlich zeugten lange, mit »Abschlußk.« beschriftete Striche über die breiten Kalenderseiten davon, daß sie sich im November ausschließlich mit der Korrektur ihres Manuskripts befaßt hatte. Störmer blätterte bis zur Unfallwoche. Sie hatte keinen einzigen Termin vereinbart, also mußte sie sehr überraschend beschlossen haben, noch einmal an die See zu fahren. Langsam blätterte er noch einmal zurück, fand ihren von vollen Spalten vorbereiteten Geburtstag am achtzehnten November und schlug das lederne Buch zu. Es war nicht besonders aufschlußreich, aber immerhin etwas.

Nachdem er sich das für ihn interessanteste Buch der Bestsellerautorin unter den Arm geklemmt hatte, betrachtete er die Bücherregale. Er suchte nicht nach seltenen Erstausgaben oder gut erhaltenen Chandler-Krimis und fand nach einigen ergebnislosen Minuten einen Buchrücken, der vielversprechend aussah. Er zog das schmale, gebundene Bändchen mit dem geflügelten Pferd auf dem Rücken aus dem Regal und schlug die erste Seite vorsichtig auf. Unpassenderweise hatte nicht der Autor, ein gewisser, vermutlich unsäglich literarischer Mensch namens Beat Stegelmann, sondern der Pegasus-Verleger selbst das kleine Lyrikbändchen signiert. Störmer las die freundliche Widmung und blätterte um. Das Buch war im Herbst 1980 erschienen, also stellte er es zurück und suchte nach anderen Pegasus-Erzeugnissen. Er mußte drei weitere, ebenso alte und harmlos gewidmete Bändchen aus dem Regal ziehen, bevor er ein Exemplar fand, das 1988 erschienen war. Ob »In Liebe. Benny« nun ein Indiz war oder nicht; in jedem Fall schien sich entweder die Zuneigung oder die Leutseligkeit des glücklichen Verlegers mit den Jahren entwickelt zu haben. Störmer steckte vorsichtshalber auch das Buch ein, sah sich noch einmal in der kühlen, kargen Wohnung um und marschierte über den polierten Holzboden zur Tür.

Eva-Maria Besenbinders Wohnung war nicht nur für Einbrecher ein wenig lohnendes Ziel. Es gab nicht nur keinen Fernseher, keine teure Stereoanlage und keine größeren

Geldbeträge, es gab auch keine Poesiealben, keine Briefe und keine Tagebücher. Für jemanden, der den lieben langen Tag nichts anderes tat, als sich in die Seelen anderer Menschen zu schreiben, war das eigentlich ein bißchen zu wenig. Störmer zog die Tür ins Schloß und drehte den Schlüssel herum. Blieb nur die Möglichkeit, daß sie all diese privaten Unterlagen – falls die überhaupt existierten – in ihrem Hauptheim, also bei ihrem barschen Lebensgefährten gelagert hatte. Störmer wunderte sich nicht zum erstenmal über das grenzenlose Vertrauen, das gewisse Menschen einander entgegenbrachten, hakte den Punkt vorerst achselzuckend ab und machte sich auf den Weg nach Hause.

5.

Als Störmer am nächsten Morgen aus dem Haus in der Ditmar-Koel-Straße auf den Gehweg trat, rannte er gegen eine arktische Kaltfront, die Hamburg über Nacht eine Ahnung von Sibirien beschert hatte. Niemand trieb sich auf der Straße herum, der Trödelladen im Erdgeschoß des Hauses mit der Nummer 8 schien über Nacht auf den Verkauf von Eisblumen umgestellt zu haben, und weiter unten, am Ende der Straße, schleppten sich Nebelschwaden über das unsichtbare Hafenwasser wie alte, müde Putzfrauen. Ein glitzernder, schneefreier Eispanzer hatte sich über die Alibibäumchen am Straßenrand, die Straße selbst und die zu beiden Seiten geparkten Autos gelegt. Der Saab war völlig verkrustet. Störmer klopfte sich auf die Manteltaschen. Doris Waldner hatte ihm bei Einbruch der kalten Jahreszeit gütigerweise eines dieser praktischen Feuerzeuge geschenkt, mit denen man nicht nur Zigaretten oder Häuser in Brand setzen, sondern auch Türschlösser enteisen konnte. Störmer klopfte alle Mantel-, Jacken- und Hosentaschen ab, ohne fündig zu werden. Er hatte nicht die leiseste Ahnung, wo er es verloren haben konnte, aber es wunderte ihn nicht, daß es gerade in diesem Moment nicht aufzufinden war. Er legte seine bloße Hand auf das Schloß der Fahrertür und machte sich mit der linken Hand und seiner Scheckkarte daran, die Windschutzscheibe vom Eis zu befreien.

Ein durch die Morgenkälte irrender Pole, der noch nicht gelernt hatte, was man im Westen mit Plastikgeld anfängt, blieb stehen und starrte staunend auf die kratzende Karte. Störmer glotzte zurück und trennte die Karte von der jetzt beinahe eisfreien Scheibe.

»Tag. Haben Sie Feuer?«

Der Pole sah ihn an, als sei er nach seiner Aufenthaltsgenehmigung gefragt worden. Dann begriff er, daß Störmer nicht beabsichtigte, die Plastikkarte zu rauchen, und kramte hektisch ein Einwegfeuerzeug aus der Hosentasche. Es verfügte zwar nicht über den praktischen Metallstab zum Türenöffnen, weichte Schloß, Eis und Lack aber trotzdem auf. Der Pole wartete, bis Störmer den Lack abgefackelt hatte und das Feuerzeug zurückwarf. Er hatte nicht damit gerechnet, daß solche Hitze in einem Feuerzeug stecken konnte und ließ es gleich wieder fallen. Das kleine, orangene Ding rutschte wie eine peinlich berührte Eisprinzessin über die gehwegbedeckende Eisschicht und verschwand klappernd unter dem Saab.

Störmer und der Pole sahen sich unschlüssig an. Keiner von beiden bückte sich, und schließlich wanderte der Pole mit einer wegwerfenden Handbewegung weiter.

»Danke«, rief Störmer seinem Rücken zu, wartete, bis der hilfreiche Aussiedler um eine Ecke verschwunden war und fischte das Feuerzeug unter dem Wagen hervor. Das

Schloß ließ sich jetzt problemlos öffnen, die Scheckkarte hatte das Freikratzen überlebt, und sogar ein funktionierendes Feuerzeug hatte ihm das Schicksal beschert. Störmer konnte sich nicht erinnern, jemals einen Tag so großartig begonnen zu haben.

6.

Die Schicksalsgöttin ließ ihn auch am Berliner Tor nicht im Stich. Störmer wurde beim Betreten des blaugrauen Oliventurms nicht von Selbstschußanlagen erlegt, durchquerte das Portal und stellte erleichtert fest, daß der Pförtner ihn von früher kannte. Er wurde nicht von Kleiderschränken gegen Wände gedrückt und gefilzt. Da Michaelis nicht an seinem Platz war, kam eine rundliche, uniformierte Kindergärtnerin zum Eingang und nahm den wartenden Störmer an die Hand. Er folgte ihr ehrfürchtig durch die digitalen Drehkreuze des Polizeipräsidiums. Schon dieser komplizierte Abfertigungsvorgang würde größere terroristische Kommandos schaudernd Abstand von dem Plan nehmen lassen, die Zentrale der Hamburger Schlagstockträger in Grund und Boden zu stampfen.

Die rundliche Polizistin blieb am Ende des Ganges zu Michaelis' Bürotür stehen, warf Störmer ein Meine-Frühstückspause-hast-du-mir-versaut-du-Arsch-Lächeln zu und wies mit einer dicklichen Hand den Gang hinunter. Störmer nickte, lächelte zurück und wanderte los.

Kurz vor Michaelis' Bürotür, dort, wo der grüngräulich gestrichene Gang einen scharfen Knick nach links machte, lehnten eine abgewetzte, helle Holzbank an der einen und drei junge Polizisten an der anderen Wand. Bank und Polizisten schienen sich weder in der Beweglichkeit noch in der Intelligenz zu unterscheiden; sie standen alle einfach da und taten, als sei die Stadt frei von Verbrechen. Erst als Störmer die Gruppe passierte und an die Tür zu Michaelis' Büro klopfen wollte, regte sich einer der Männer.

»Keiner drin«, sagte er, und Störmer drehte sich um. Derjenige, der gesprochen hatte, hielt seine Mütze in der Hand und belästigte die Augen der restlichen Menschheit mit einem widerwärtig modernen Haarschnitt. Die Haut über seinen ausgeprägten Kieferknochen war sonnenstudiobeige und von männlichen Aknespuren zerfurcht, aber obwohl sein Kopf entfernte Ähnlichkeit mit dem eines Menschen aufwies, machte der Olive nicht den intelligentesten Eindruck. Seinem Gesichtsausdruck nach konnte er nicht wesentlich heller sein als die Wand, an der er lehnte.

»Wir warten auch«, sagte der narbige Nachwuchsolive und ließ einen spöttischen Blick über Störmers Mantel und Hut wandern. Seine Kollegen nickten bestätigend. Störmer nickte zurück und nahm auf der Bank Platz. Michaelis war wichtig genug, daß man für eine Information aus seinem Munde fünf Minuten zwischen ehrgeizigen Jungbullen warten konnte.

Störmer lockerte die Spannung, indem er sich eine Zigarette anzündete. Niemand verbot es. Der modern verschnittene Parkuhrenleser musterte ihn wie einen geistreichen, für ihn unverständlichen Bilderwitz, hakte ihn als uninteressanten Spinner ab, räusperte sich dann und wandte sich an den rechts von ihm stehenden Kollegen.

»Haste das Ding von der Demo in der Mopo gelesen?«

»Ja. Schöne Scheiße, wa?«

»Wieso Scheiße?« fragte der Narbige verschwörerisch zurück. »Auf die Fresse haben doch nur die von der Gegendemo gekriegt. Die Reps waren doch angemeldet.«

»Aber von uns haben doch auch'n paar Dresche gekriegt. Oder nich?«

Der dritte Polizist hielt sich vornehm zurück. Vermutlich wählte er die für einen Normalpolizisten schon extrem linke CDU und legte keinen besonderen Wert darauf, von seinen Kollegen verprügelt zu werden. Störmer rauchte friedlich weiter, obwohl der olive Redner mit den Mixed Pickles es ihm nicht leichtmachte.

»Stimmt«, flüsterte er tückisch, »aber guck dir mal die anderen an. Liegen bestimmt noch dreißig im Krankenhaus.«

»Warst du dabei?« fragte der zweite Polizist.

»Nee. Wär ich aber gern.«

Er lehnte sich gegen die Wand zurück und verzog das Gesicht zu einem Grinsen. Störmer wußte, daß man aufrichtige Anteilnahme und mitfühlende Güte in einem Polizistengesicht genauso häufig fand wie gute Wurst in einer Kantinensuppe; trotzdem atmete er hörbar aus und hielt den Oliven vom weiteren Vortragen seines rabiaten Wunschzettels ab.

»Genauso hart und roh wie ein gefrorenes Mastschwein«, sagte er und schenkte dem Oliven ein kurzes Lächeln.

Der Narbenkopf sah zuerst Störmer, dann seine Kollegen und zuletzt mangels anderer Sehenswürdigkeiten wieder Störmer ungläubig an. »Was?«

Störmer fand seine Zigarette jetzt wieder wesentlich interessanter als den Oliven. Er hatte nichts mehr zu sagen, also sagte er es. Dem jungen Oliven schien das als Antwort nicht auszureichen. Er stieß sich von der Flurwand ab und blieb in der Mitte des Ganges vor Störmer stehen. »Was hast du gesagt, Bogart?«

Störmer sah hoch und verdrehte die Augen. »Hab lange keine so intelligente Anrede gehört. Muß ich klatschen?«

»Sag mal«, zischte der Olive und beugte sich nach vorn. »Hast du den Arsch offen, oder was?«

»Bei mir mußt du fragen. Bei dir sieht ihn ja jeder.«

Der Olive packte Störmer am Kragen und zog ihn hoch. Seinem Gesicht nach zu urteilen, hatte er den beleidigenden Charakter der Bemerkung annähernd erfaßt, auch wenn er den eigentlichen Sinn vielleicht nicht begriffen hatte. Seine Akne-Narben leuchteten wie Erdbeeren in einer Schüssel Milchreis, während er sein Opfer wütend anschnaubte. Störmer sagte »Moment mal« und wischte die großen Hände weg. Der Olive überragte ihn um mindestens einen Kopf. Er schob den Unterkiefer vor und versuchte zu sprechen wie die ganz harten Männer in den besonders billigen Filmen.

»Deine Art paßt mir nicht, Freundchen.«

»Muß sie nicht. Hauptsache, deine Mütze paßt.«

Derjenige der Polizisten, der sich bisher so vornehm zurückgehalten hatte, schien die Neigungen seines narbengesichtigen Kollegen zu kennen und konnte noch »Laß es, Sascha« sagen, bevor Störmer wieder am Kragen gepackt wurde. Er hatte nicht damit gerechnet, daß er einen derart kräftigen Bullen geärgert hatte; Sascha schleuderte ihn einfach gegen die Wand, bevor Störmer die Hände aus den tiefen Manteltaschen freigraben konnte. Es war kein Vergnügen, nicht mal für eine gesunde Wirbelsäule. Sascha stand schnaubend da, und Störmer befreite seine Hände aus dem Mantel. Die Polizisten umringten ihn locker, und nur der zurückhaltende CDU-Wähler versuchte, Sascha vor Schlägen zu bewahren.

»Was jetzt?« fragte Störmer ruhig. »Ich kann nicht tanzen.«

Sascha lief rot an.

»Bist der ganz harte Typ, was?«

»Sicher. Zu jedem Frühstück vier Ochseneier, und der Tag ist gerettet.« Störmer lächelte, aber Sascha war noch nicht soweit. Er brauchte noch einen kleinen Anstoß, um zuerst zuzuschlagen. Oder es zu versuchen.

»Macht stark«, sagte Störmer. »Frag mal deine Freundin. Der Gasmann kennt das Rezept auch.« Das war blöd genug, um in der Regel zu ziehen, und Sascha war nicht Polizist geworden, um eine Ausnahme zu machen. Bevor er allerdings auf Störmer losgehen und ein Knie in die Weichteile bekommen konnte, bog Michaelis um die Ecke. Der kaffeegefüllte Plastikbecher in seiner Hand schwankte angesichts der Versammlung vor seiner Tür, aber er verbrühte sich nicht die Hand.

»Steinkopf!« brüllte er, und Sascha ließ Luft ab. Die beiden anderen Polizisten sahen betreten zu Boden, und Störmer verstaute seine Hände seufzend in den Manteltaschen.

»Was soll denn das werden, Steinkopf«, fragte Michaelis. »Neue Vernehmungsmethoden? In Argentinien Urlaub gemacht?«

»Nein, Kommissar.«

Michaelis sah Störmer an, der die Zigarette zu Boden warf und austrat. Störmer erwiderte den Blick. Michaelis war dicker und gemütlicher geworden, seit er ihn zuletzt gesehen hatte. Die Angewohnheit, seine Hemdsärmel bis über die Ellenbogen aufzurollen, hatte er offenbar ebensowenig abgelegt wie die Neigung zu größeren Mengen schwarzen, starken Kaffees. Nur das missionarische Flakkern in seinen blauen Augen war mit den Jahren restlos erloschen. Er sah Störmer verzweifelt an, schüttelte kurz den Kopf mit den schütteren, grauen Haaren und winkte seinen ungebetenen Gast mit einer kurzen Handbewegung in sein Büro. Bevor Störmer eintrat, drehte er sich noch einmal zu Sascha um.

»Ein guter Rat von Mensch zu Trottel: Immer schön locker bleiben. Jedenfalls, bis ihr die SS wieder einführt. Dann darfst du ja, Steinkopf. Nomen est übrigens Omen, wenn dir das was anderes als Rührei sagt…«

»Störmer!« Michaelis' Stimme erschütterte das Gebäude in seinen Grundfesten. »Halten Sie das Maul, und kommen Sie rein, sonst lasse ich Sie festnehmen.«

Ein kurzer Hoffnungsschimmer kroch über Saschas Narben. Störmer grinste und zog die Bürotür hinter sich ins Schloß. Michaelis hatte die Durchgangstür zum nebenan liegenden Zimmer geschlossen und hinter seinem Schreibtisch Platz genommen. Der Raum konnte es im Größenvergleich leicht mit einer Telefonzelle aufnehmen, und abgesehen von einer transparenten, staubigen Wanduhr aus den späten Sechzigern, Aktenschränken und einem von Michelin gestifteten Kalender, der in diesem Monat originellerweise ein leicht bekleidetes, blondes Mädchen auf einem Breitreifen zeigte, waren die gelben Wände leer. Störmer nahm auf dem Holzschemel vor dem Tisch Platz. Weder er noch Michaelis fühlten sich verpflichtet, zuerst nach dem Befinden des anderen zu fragen. Nach kurzem Schweigen wurde es beiden zu dumm, also fragten sie gleichzeitig. Michaelis fiel schneller eine Antwort ein.

»Wie soll's gehen?« seufzte er. »Wie immer. Die Menschheit bestiehlt, erschlägt, vergewaltigt und betrügt sich bis zum jüngsten Tag, und ich werde dafür bezahlt, durch diesen Sumpf zu waten. Wie soll's mir da gehen?«

»Klang schon mal begeisterter.«

»Kann mich nicht mehr erinnern, wann. Wie geht's dir?«

»Ich arbeite.«

Michaelis nickte und griff nach dem dampfenden Plastikbecher. »Also gut. Geht uns ja immer gut, wenn wir Arbeit haben. Grauenhaft dämlicher Spruch.«

»Du kannst mir vielleicht helfen.«

»Ach? Kein Höflichkeitsbesuch? Kein nettes Vorbeischauen, um deinem alten Kumpel Horst auf die Schulter zu klopfen und nach der Frau zu fragen? Wie man sich täuschen kann.«

»Kannst du mir was über den Fall Besenbinder erzählen?«

»Ja, kann ich. Zufällig kann ich das.«

»Und?«

»Es gibt keinen Fall Besenbinder. Die Geschichte ist kurz auf meinem Schreibtisch gelandet, ich hab sie mir angesehen, wir haben alle kurz gelacht und das Ding wieder zurückgegeben. Kein Fall für die Mordkommission. Wiedersehen, Störmer. War nett, dich gesehen zu haben.«

Störmer lächelte. Er schlug die Beine übereinander und schob den Hut leicht in den Nacken. »Gut. Dann gibt es eben keinen Fall. Erzähl mir was über den Unfall.«

»Kauf dir doch 'ne Zeitung.«

»Schon passiert. Steht aber nicht viel drin. Nur, daß eine bekannte Autorin über eine Autobahnbrücke geschossen ist und im vergänglichen Eis das Zeitliche gesegnet hat. Mit hübschen Bildern von einem Metallknäuel, das wohl mal ein Auto war. Hilft mir leider nicht weiter.«

»Ich auch nicht«, sagte Michaelis. Störmer blieb sitzen und wartete. Michaelis machte einen Augenblick lang mit, seufzte dann kopfschüttelnd und drehte sich nach der Wanduhr um. »Schön, du wirst wahrscheinlich tagelang auf diesem Stuhl sitzenbleiben, wenn ich dir nichts erzähle. Und das ist kein Anblick, der einem das Arbeiten erleichtert. Hast du schon gegessen?«

»Ja. Aber nicht heute.«

»Gehen wir rüber ins ›Brotzeit‹. Wenn ich mit armseligen Schnüfflern über verkohlte Leichen reden muß, möchte ich wenigstens gebratenes Fleisch auf dem Teller haben. Also.« Er schnappte sich seine alte Anzugsjacke und den blauen Mantel, öffnete die Tür zum Nebenzimmer, rief irgend jemandem zu, er gehe zum Essen, und folgte Störmer hinaus auf den Gang. Die drei jungen Oliven standen noch immer herum wie vergessener Sperrmüll.

Michaelis kam Saschas Fragen zuvor, indem er seine Rückkehr für vierzehn Uhr ankündigte und ihn einfach stehenließ.

»Was für ein Arschgesicht«, sagte er, als er Störmer nach draußen folgte. »Was für ein Riesenarschgesicht.«

7.

Zehn Minuten später saßen sie im hinteren Zimmer des idyllisch zwischen S-Bahn-Schienen und Hauptverkehrsstraßen gelegenen Lokals mit dem programmatischen Namen. Zu Fuß brauchte man nicht länger als fünf Minuten, aber da Michaelis seine Digitalkarte vergessen hatte, wußte niemand so genau, wie er denn nun jemals wieder aus dem Oliventurm herauskommen sollte. Michaelis hatte das Problem schließlich gelöst, indem er zurück nach oben gefahren war und seine Karte geholt hatte. Es war ein verdammt sicheres Gebäude. Störmer hatte keine Lust, über die Fluchtchancen im Brandfall nachzudenken.

Die Wände des »Brotzeit« waren weiß, abgesehen von einem großen, mit dem Schriftzug »Gourmet-Kitchen« bedruckten Spiegel und alten, aber nicht antiken Werbeplakaten. Die fünf Tische im Hinterzimmer, allesamt von handgefertigten Häßlicher-Wohnen-Korbleuchten angestrahlt, waren von durchreisenden Handelsvertretern und Gelegenheitsessern besetzt. Nicht nur das Gedrücke und Geschiebe in der Mittagszeit würden das »Brotzeit« die Sterne im Guide Michelin gekostet haben.

»Also«, fragte Störmer über die breiten Fettränder des halbgaren Schnitzels, während Horst Michaelis seine Sauerbratenscheibe mit einem bestenfalls zum Butterstreichen geeigneten Messer in Stücke zu reißen versuchte. »Wieso ist es kein Fall für die Mordkommission?«

»Wieso sollte es?« fragte Michaelis zurück und beförderte eine Erbse über den Tellerrand in die Tiefe. »Das interessiert nur noch die für die Leitplanken zuständige Dienststelle und die Versicherung der Besenbinder. Wir können doch nicht jedesmal ›Mord‹ brüllen, wenn jemand zu schnell fährt. Wo kämen wir denn da hin?« Es gelang ihm endlich, ein Stück von dem Braten abzusäbeln. Er stopfte es sich in den Mund, um festzustellen, daß nicht nur das stumpfe Messer Schuld an der langen Sägerei trug.

»Schuhsohle nach Art des Hauses«, sagte Störmer. »Und die Schnitzel sind aus Holz.« Er schob den Teller weg und griff nach seinem fleckigen Bierglas. »Kennst du Polzin?«

»Mm-mmh«, sagte Michaelis, ohne den Mund zu öffnen. Er kaute verbissen weiter.

»Und?«

Michaelis schluckte. »Jaaa, der hat uns erzählt, daß seine Freundin ganz toll Auto fährt. Aber es gibt einen Haufen Leute, die wirklich toll Auto fahren und trotzdem im Straßenverkehr draufgehen. Nichts zu machen, Karl-Heinz. Man hat an dem Wagen absolut keine Spuren gefunden, die eine Ermittlung rechtfertigen würden. Ging ja auch nicht, weil die Karre so flach war wie ein Kanaldeckel.« Michaelis schob seinen Teller von sich und seufzte. »Wie soll man arbeiten, wenn man so was essen muß?«

»Es soll da einen Verleger Hansen geben, der irgendwelche Rechte geerbt hat.«

»Ach ja?«

Michaelis sah Störmer so interessiert an, als sei in Peking eine Ente umgefallen. »Hör mal, Karl-Heinz. Alle Welt hat von dieser Frau profitiert. Sie nützt tot niemandem mehr als lebendig.«

»Außer Hansen.«

»Quatsch. Wenn sie wollte, daß er dieses dumme Buch macht, hätte sie das wahrscheinlich auch geschafft, ohne sich gleich dabei umzubringen. Das ist Unsinn, Störmer. Vergiß es. Niemand hat ein Motiv. Davon abgesehen wäre es mir ganz neu, daß dieser Hansen wußte, was da auf ihn zukommt. Behaupten tut er jedenfalls das Gegenteil. Wir schlafen nämlich nicht den ganzen Tag auf unseren Schreibtischen. Nach den Bemerkungen und Beleidigungen dieses schwer prominenten Herrn Polzin haben wir Hansen befragt, schließlich war der Unfall fett und bunt in allen Zeitungen. Es gibt keine Spur, es gibt kein Motiv, es gibt keine Anhaltspunkte.« Michaelis griff nach seinem Bierglas und trank es halb leer, bevor er weitersprach. »Sieh es mal so, Karl-Heinz: Wenn jemand ein Motiv hatte, die Besenbinder umzubringen, dann enttäuschte Kulturfreunde. Und die machen sich normalerweise nicht die Mühe, an Autos herumzubasteln. Also sei so nett und vergiß es. Da steckt nichts drin.« Er führte das Bierglas erneut zum Mund und spülte sich den restlichen Staub aus dem Mund. Michaelis hatte gesprochen.

»Kann ich leider nicht«, sagte Störmer. »Besorgst du mir eine Liste der Gegenstände, die sie bei sich hatte?«

»Da war nicht mehr viel zu erkennen.«

»Hast du's im Kopf?«

»Dann wäre ich wohl nicht bei der Polizei. Nein, habe ich nicht. Aber ich sehe mal nach, ob eine Kopie dieser Liste versehentlich in einen an dich adressierten Umschlag rutscht. Weiß man ja nie.«

»Danke.«

Michaelis winkte zuerst ab und stand dann auf.

»In deinem Alter sollte man nicht mehr versuchen, solche Wörter zu lernen. Wir zahlen vorn.«

»Ich übernehme das.«

»Gut.« Michaelis blieb vor dem Tresen stehen und grinste die blonde Tonne an, die das Essen an die Gäste austeilte. »Geben Sie mir noch eine Schachtel Marlboro. Alles auf eine Rechnung, und schreiben Sie fünfzig drauf.« Er drehte sich wieder zu Störmer um und grinste breit. »Wo kämen wir denn hin, wenn wir das Finanzamt nicht mehr bescheißen würden?«

8.

Als Störmer die Tür zum Vorzimmer seines Büros öffnete, stand Doris gerade vor dem Kleiderständer und fischte eine unmögliche Mütze herunter, die vor Jahrhunderten als Beutelratte oder Rauhhaardackel über Stock und Stein gehoppelt sein mochte. Den moosfarbenen Daunensack, den sie selbst als billig gekauften Wintermantel pries, hatte sie bereits stramm um ihre nicht mehr besonders ausgeprägte Figur gewickelt, und Störmer mußte unwillkürlich an eine grüne Salami denken. Er sah auf die Wanduhr über den bleigrauen Metallaktenschränken hinter Doris' altem Schreibtisch. Es war viertel vor fünf. Doris bemerkte seinen Blick.

»Ich muß zum Yoga«, sagte sie angriffslustig und drehte dem Rauhhaardackel mit kurzen Fingern den Hals um.

»Wie schön. Ist noch Kaffee da?«

»Nein. Ich hab die Maschine gerade ausgemacht.«

»Kochen Sie mir noch einen. Seien Sie ein Engel, ja?« Störmer wartete die Antwort nicht ab und wanderte hinüber in sein Büro. Er schaltete die Schreibtischlampe ein, die für ein Licht sorgte, das Optikern Wasserzeichen in die gierigen Augen getrieben hätte, und zog seinen Mantel aus. Vom Telefon leuchtete ihm eine gelbe Briefmarke entgegen. Er riß sie ab und hielt sie unter die Lampe. Doris rumorte im Vorzimmer betont laut mit dem Kaffeetopf und der Maschine herum.

»Was soll denn dieser Zettel, Doris?« rief Störmer nach nebenan. Sie antwortete nicht, also wanderte er zurück ins Vorzimmer, hängte Mantel und Hut an den Kleiderständer und wiederholte die Frage.

»Ein Herr von der HEW«, schnappte Doris zurück, »hat angerufen.«

»Und?«

»Er kommt morgen früh zum Zählerablesen.«

Störmer starrte seine Sekretärin fragend an. Das nächste »Und?« lag ihm auf der Zunge, fand jedoch keine Gelegenheit mehr herauszurutschen. Doris klang richtig verärgert. »Ich bin morgen früh nämlich nicht da, weil ich einen Termin beim Zahnarzt habe. Mein Backenzahn. Also müssen Sie ihn reinlassen.«

Störmer stand mit gerunzelter Stirn in der Tür zwischen Büro und Vorzimmer und überlegte. Seine Gedanken kreisten um die Begriffe HEW, Post-it-Zettel, Broterwerb und Zahnarzt. Er versuchte, sie nach ihrer Wichtigkeit zu ordnen.

»Doris«, sagte er schließlich sanft. »Wenn Sie noch einmal diese Zettel kaufen, ziehe ich Ihnen den Preis vom Gehalt ab.«

»Was wollen Sie denn da noch abziehen, Herr Störmer?«

Die grauenhafte Aussicht, den Beginn der Yoga-Stunde ausgerechnet wegen ihres Arbeitgebers zu verpassen, ließ Doris giftiger werden als einen Borgia-Cocktail. Störmer betrachtete den stetig durch die Kaffeemaschine sickernden Kaffee und setzte sein mildestes Lächeln auf.

»Gehen Sie zum Yoga, Doris«, sagte er sanft. »Und viel Glück beim Zahnarzt.« Dann ging er zum Kleiderständer, nahm den verstorbenen Rauhhaardackel herunter, drückte ihn Doris sanft auf den Dutt und öffnete die Tür des Vorzimmers. »Na, hopp, altes Mädchen.« Er hatte in Doris' Nähe noch nie so zärtlich geklungen, und das entging ihr nicht. Vor lauter Glück über die plötzliche Verwandlung ihres Chefs stolperte sie fast über die Schwelle. Um zu verhindern, daß sie kopfüber die steile Treppe hinunterstürzte, schloß Störmer zügig die Tür und seufzte kopfschüttelnd, bevor er sich Kaffee in eine saubere Tasse goß, die Telefonbücher aus der oberen rechten Schublade von Doris' Schreibtisch zog und zurück in sein Büro wanderte.

Die Straßenlaternen vor dem Fenster waren damit beschäftigt, die Schatten der an den Scheiben klebenden Eisblumen auf den abgewetzten Holzboden vor Störmers Schreibtisch zu zaubern, als er sich in den Holzdrehstuhl sinken ließ und das große gelbe Buch aufschlug.

Er suchte zuerst nach der Adresse des Pegasus-Verlags, fand sie, schrieb sie auf die Rückseite des albernen Post-it-Zettels und blätterte anschließend im zweiten der beiden wichtigen Sachbücher, die die Hansestadt hervorgebracht hatte. Es gab zwei Hamburger, die den klangvollen Namen Bernhard Hansen trugen. Der erste wohnte in Reinbek und fiel damit als Kleinverleger aus. Nummer zwei wohnte unter der gleichen Adresse, die auch der Pegasus-Verlag als Stammsitz angab. Störmer schloß das Buch wieder und wählte zuerst die Verlagsnummer. Außer dem Anrufbeantworter arbeitete niemand mehr, also legte er die Fingerspitzen auf die Gabel und wählte anschließend die Privatnummer des Verlegers. Er ließ es etwa zehnmal klingeln und wollte gerade erneut auf die Gabel drücken, als jemand abnahm. Eine Frauenstimme quiekte fröhlich »Hallo« und, in eine andere Richtung, »Jetzt warte doch mal, Mensch«, bevor die Verbindung wieder unterbrochen wurde. Störmer lauschte ein paar Sekunden in die Leitung, aber niemand machte sich die Mühe, den Hörer wieder abzunehmen. Er versuchte es noch einmal. Diesmal kam niemand auf die Idee, ihm Blödsinn ins Ohr zu quieken und sofort wieder aufzulegen.

Eilig getrunkener Kaffee ist nicht nur schlecht für den Magen, sondern auch für die Speiseröhre. Mit leichtem Sodbrennen schaltete Störmer fünf Minuten später die Kaffeemaschine wieder aus und verließ das Büro. Die Tür zum Vorzimmer schloß er ab. Es war eine nette Idee gewesen, die Tür immer offen zu lassen, aber irgendwann hatte die Diebstahlversicherung nicht mehr mitgespielt. Literarische Vorlagen waren eine schöne Sache, solange man sie nicht allzu wörtlich nahm.

9.

Da sich der Pegasus-Verlag und Hansens Privatwohnung in einem Haus am Schulterblatt versteckten, mußte Störmer nicht länger als fünf Minuten über die eisverkrusteten und ungestreuten Hamburger Straßen schliddern. Während Busse seitlich über Kantsteine oder neu gepflanzte Bäumchen rutschten und vergreiste Mitbürger sich beim Gehwegküssen die letzten heilen Knochen im Leibe zertrümmerten, hockte der Streubeauftragte des Senats gut gewärmt zwischen Zierpalmen und warmen Öfen, um seine Greenpeace-Anstecknadel zu polieren. Am Neuen Pferdemarkt verfehlte ein schwarzglänzender BMW die Stoßstange des Saab nur um Zentimeter und rauschte vor der Filiale der Vereins- und Westbank kreischend gegen den Kantstein. Im Rückspiegel sah Störmer den Fahrer heftig gestikulierend aussteigen und kurz darauf noch etwas heftiger gestikulierend hinfallen. Zwei Minuten später hatte Störmer aufgehört zu grinsen und die angegebene Adresse erreicht.

Das große, graue Haus sah nicht aus, als beherberge es einen funktionierenden Verlag, aber das unterste Klingelschild behauptete es standhaft. Hansen wohnte im dritten Stock, und dort brannte im Gegensatz zum Erdgeschoß Licht. Störmer klingelte, bevor er die nicht verschlossene Haustür aufdrückte. Nach kurzem Suchen fand er den Lichtschalter und drückte ins Dunkel. Die Lampe über dem untersten Treppenabsatz war defekt, aber von oben fiel genug Licht ins Treppenhaus, um die frühere Funktion des Gebäudes erkennen zu lassen. Ob man hier Getreide oder Trecker gelagert hatte, stand an keiner der Wände, aber die breiten Metalltüren ließen keinen Zweifel daran, daß man das Haus ursprünglich nicht zum Bewohnen errichtet hatte. Störmer tappte über die von Jahrzehnte altem Öl gefleckten Steinstufen nach oben und blieb vor der grauen Metalldoppeltür stehen, neben der ein großes, originell und bunt gestaltetes Schild den Namen des Bewohners in den grauen Flur hinausposaunte.

Störmer drückte auf die kleine weiße Klingel neben der Tür und lauschte in die Stille. Hinter der Tür regte sich nichts, also klingelte er erneut. Diesmal hörte er etwas. Weit entfernt quietschte etwas, das entweder eine hektische Maus oder eine schlecht geölte Tür sein konnte. Da drinnen Schritte über den Boden klatschten, entschied Störmer sich für die zweite Möglichkeit und schob den Hut in den Nacken. Die Schritte verstummten, dicht hinter der Tür.

»Benny?« fragte eine gedämpfte Frauenstimme.

»Nein. Mein Name ist Störmer.«

»Was wollen Sie?«

»Zu Bernhard Hansen.«

Für einen Moment herrschte andächtiges Schweigen. Dann öffnete sich die Metalltür einen Spalt breit, und ein von langen, blonden Strähnen umflossenes Mädchengesicht tauchte vor Störmers Nase aus dem hell erleuchteten Raum auf. Ihre kleine Nase schnüffelte unter zwei halb geschlossenen Augen in den Flur, und Störmer konnte problemlos erkennen, daß sie außer einem kilometerlangen Micky-Maus-T-Shirt nichts trug und sehr hübsche Beine hatte.

»Benny ist nicht mehr da«, sagte sie schläfrig und rieb sich das rechte Auge mit dem Handrücken. Es nützte nichts.

»Und wo kann ich ihn finden, müdes Kind?« Sie lächelte fast, stellte dann jedoch fest, daß Lächeln anstrengend war und ließ es bleiben. In der geräumigen, diffus beleuchteten Halle hinter ihr stand eine rote englische Telefonzelle und gab sich alle erdenkliche Mühe, Störmer zu irritieren. Wozu boten die Postmonopolisten und andere, ungleich originellere Designer diese kleinen, handlichen Fernsprechgeräte an?

»Er ist zu einer Lesung gegangen«, nuschelte das blonde Murmeltier und pustete eine Strähne hoch. »Karin Steigleder.«

»Wissen Sie auch, wo?«

Sie schob nachdenklich die Unterlippe vor, bis sie auch das zu anstrengend fand und nickte sehr vorsichtig, um nicht vollständig wach zu werden. »Im Literaturhaus. Glaube ich. Sonst mußt du in der taz nachgucken. Steht drin.«

»Du hast nicht rein zufällig eine greifbar, oder?«

Bei müden und betrunkenen Menschen empfiehlt sich in der Regel das gleiche Verhalten: leise, langsam, höflich und so geduldig wie Zeitungspapier vorzugehen, um den spärlich rieselnden Informationsfluß nicht zum Versiegen zu bringen. Verglichen mit der Gesprächigkeit eines müden, durch allzu forsche Töne verärgerten Menschen ist sogar das Schweigen eines Grabes ohrenbetäubendes Gebrüll. Störmer hatte offenbar den richtigen Ton getroffen. Das Mädchen wackelte schlaftrunken zurück, beugte sich weit genug über einen Zeitungsstapel, um die guten Sitten ernsthaft zu gefährden, taumelte dann wieder sittsam zur Tür zurück und drückte Störmer die taz in die Hand.

»Kannst du behalten. Sonst noch was?«

Ihre Geduld war erschöpft. Störmer schüttelte den Kopf und klemmte sich die Zeitung unter den Arm.

»Nein. Weiterhin angenehme Nachtruhe.«

Ob sie »Danke«, »Ja« oder »Hau bloß ab« murmelte, konnte Störmer aus dem darauf folgenden Brummen beim besten Willen nicht heraushören. Die Tür fiel mit einem dumpfen Knacken ins Schloß, das Geräusch nackter, über den Linoleum-Boden tappender Füße wurde schnell leiser, eine Tür quietschte, und Störmer machte kehrt. Das Treppenhauslicht ging erst wieder aus, als er draußen auf dem spiegelglatten Gehweg stand und Dampfschwaden in die Abendluft hinausschickte. Der Tag hatte mit einem Gratisfeuerzeug begonnen, eine Beinahe-Schlägerei mit einem stocktumben Oliven und ein Mittagessen mit Michaelis gebracht, und Hansen aufzutreiben schien wegen der Glücksfee im Micky-Maus-T-Shirt auch kein Problem mehr darzustellen. Störmer sah sich suchend nach allen Seiten um. Es war kein verzweifelter Philosoph in Sicht, der ihn um eine Glücksdefinition hätte bitten können, also schlidderte er zurück zu seinem Saab, stieg ein und rutschte wieder hinein in den lebensgefährlichen Blechtanz auf den spiegelglatten Straßen.

10.

Die Kantsteine von Schwanenwik und Papenhuder Straße waren mit Blech beladen wie ein Zug aus Wolfsburg. Störmer kurvte über die rutschigen Straßen und suchte die Gehwege mit den Augen nach Parkmöglichkeiten ab. Aus dem »Rexrodt« in der Papenhuder Straße taumelte ein beschlipster Schönling, vermutlich restlos benommen vom Genuß zweier »jeunes pommes urbaines professionelles frites« für nur einhundert Mark. Inklusive Trinkgeld.

Das »Rexrodt« war im Gegensatz zu dem indischen Spezialitätenlokal auf der anderen Straßenseite gerammelt voll. Der Chef-Inder schien zu glauben, er müsse persönlich Gäste von der Straße klauben, und stand eisern in der klirrenden Kälte. Es war ein furchterregender Anblick. Sogar die Gaffenden vor den Design- und Porzellangeschäften stoben eilig auseinander und suchten das Weite.

Störmer bog in die Hartwicusstraße ein und wurde fündig. Der Saab stand zwar fast im Mundsburger Kanal, nachdem Störmer mit dem Rangieren fertig war, aber zumindest abschleppen konnte man ihn hinter der Blechmauer aus anderen Autos nicht. Sie mußten den Saab schon sprengen, falls sie einen freien Gehweg brauchten. Störmer schlug den Mantelkragen hoch und machte sich auf den Weg zum Literaturhaus.

Die teuer renovierte Villa am Alsterufer, die den Hamburger Literaten als städtisches Zentrum des geistigen Austauschs von Belanglosigkeiten dienen sollte, schien für das Publikum nur unwesentlich anziehender zu sein als eine Reise nach Beirut. Niemand rempelte Störmer an, als er an der kleinen Buchhandlung rechts neben dem Eingang vorbeilatschte und sich nach Menschen umsah, die wie Dichter wirkten. Das hinter dem Buchladen gelegene Café wirkte wegen der NDR-Scheinwerfer fast so schummrig wie die Sonne aus der Nähe, also ließ Störmer den Buchladen samt Besitzer rechts liegen und wanderte weiter.

Techniker wuselten über kilometerlange Kabelstränge, eimergroße Lampen wurden ausgerichtet, und bedrohliche Mikrophone deuteten auf einen kleinen Tisch, hinter dem die Vorleserin Platz nehmen sollte, während erste Neugierige lässig an der Bar lehnten oder an den Tischen saßen, um sich von den eifrigen NDR-Technikern Ellenbogen in die Körper rammen zu lassen. Störmer marschierte zur Bar und nahm auf einem der Hocker Platz. Er hielt eine hinter der Bar Zitronen zersägende Dame davon ab, sich in die hübschen Fingerkuppen zu schneiden und bestellte einen Scotch, bevor er sich umdrehte und mit den Unterarmen auf der Bar abstützte. Durch den Eingang strömten jetzt immer mehr Menschen in das Café. Männer mit Zöpfen, Frauen in Anzügen, Frauen mit Zöpfen und Männer in Lederjacken. Störmer drehte sich erst wieder um, als das Barmädchen den Scotch auf einem Pappuntersetzer neben seinem rechten Unterarm abstellte.

»Sag mal, kennst du Bernhard Hansen?«

»Wen?«

»Bernhard Hansen. Verleger.«

»Nö.« Sie wandte sich nach ihrer molligen Kollegin um, die am anderen Ende der Bar Gläser spülte. »Kennst du einen Bernhard Hansen, Kerstin?«

»Ja«, antwortete die Mollige, ohne sich umzudrehen.

»Ist der schon da?« fragte Störmer. Diesmal mußte sie sich umdrehen. Ihr Gesicht war so rund wie der Vollmond, ohne dabei ähnlich inspirierend zu wirken. Sie ließ einen Blick durch den Raum wandern und sagte: »Nein, sieht nicht so aus«, bevor sie sich wieder ihren schmutzigen Gläsern zuwandte.

Störmer kümmerte sich um seinen Scotch und ließ den Eingang des Cafés nicht aus den Augen. Keiner der in den nächsten fünf Minuten eintretenden Gäste wirkte wie ein Verleger, aber so wirkten Verleger wahrscheinlich nie. Zwei junge Männer mit Frisuren, die kein Abteilungsleiter länger als drei Minuten geduldet hätte, nahmen neben Störmer an der Bar Platz und bestellten Wein und Kaffee. Beide sahen aus, als zögen sie ihre Klamotten auch nachts nur ungern aus. Der kleinere der beiden zerrte ein angestoßenes, telefonbuchdickes Manuskript aus seiner mitgebrachten Ledertasche und klatschte es vor der Kaffeetasse seines Begleiters auf die glänzende Platte der Bar.

»Und?« fragte der andere. Er versuchte, nicht hinzusehen.

»Lies mal. Und gib mir einen erstklassigen, kollegialen Rat, wem ich das Ding zuerst anbieten soll.«

»Erstens kann ich nicht lesen, und zweitens weiß ich jetzt schon, daß ich das nicht weiß, wenn du weißt, was ich meine.«

»Eigentlich nicht.«

»Macht ja nichts.«

Während der blonde, direkt neben Störmer sitzende junge Mann lustlos in dem dicken Manuskript zu blättern begann, drehte Störmer sich zu ihm um und räusperte sich. Der Lesekundige sah ihn unter fragend hochgezogenen Augenbrauen an.

»Ich will nicht stören«, sagte Störmer, »aber ich suche jemanden ...«

»Wer tut das nicht?« sagte der Leser.

»Einen gewissen Hansen. Schon mal gehört oder gesehen?«

Der Leser wandte sich nach seinem Partner um und tippte ihm auf die Schulter. »He, Lorenz. Der Herr mit dem schicken Hut will was über Benny wissen.«

Der Schreiber namens Lorenz beugte sich über die Bar, um Störmer besser anstarren zu können. »Wieso denn das?

Ich bin doch viel interessanter als Benny.« Er betrachtete Störmers Aufzug und überlegte. Dann wandte er sich an die Kellnerin. »Einen Malteser für den Herrn mit dem Hut.«

»Ich hab schon bestellt«, sagte Störmer. »Also?«

Der Schreiber Lorenz stornierte die alberne Bestellung und überlegte. Ihm fiel offenbar kein vernünftiger Grund ein, dem Mann mit dem schicken Hut nichts über Hansen zu erzählen. »Was wollen Sie denn wissen, guter Mann?«

»Vielleicht erst mal, wie er aussieht.«

»Keine besonderen Merkmale.« Er sah sich im Raum um. »Hier ist er jedenfalls noch nicht. Wenn er kommt, schreie ich sowieso auf. Also behalten Sie mich im Auge.«

»Gibt's denn Gründe zum Aufschreien?«

»Sicher. Gibt's ja eigentlich bei jedem. Bei Hansen fallen meine Schreie nur besonders laut aus.«

»Er mag es nicht«, mischte sich der Leser ein, »wenn er ein ganzes Jahr über einem Manuskript hockt, und sich ein Verlag dann standhaft rausredet, wenn es um die Zahlung der Honorare geht. Obwohl ich mir das bei seinen Büchern erstens auch überlegen würde, und es zweitens nur um Pfennigbeträge gehen kann...« Er lachte, aber Lorenz ging nicht auf die Bemerkung ein. Sie schienen sich schon länger zu kennen als ein Schildkrötenehepaar.

»Anderthalb Jahre«, sagte Lorenz und spülte mit Wein nach. »Aber das macht der immer so. Wußte ich nur vorher leider nicht. Aber das können Sie ihn selbst fragen. Da ist er nämlich.«

Störmer drehte sich halb um und betrachtete den Mann, der jetzt in der Tür zum Café stand und einen Blick über die Anwesenden gleiten ließ. Hansen war groß, braungebrannt und hager und trug unter vollen, schon ziemlich angegrauten Haaren einen schwarzen Rollkragenpullover zu einem grauen Jackett und verwaschenen Jeans. Er würdigte das an der Bar sitzende Grüppchen nur eines betont kurzen Blickes und entdeckte dann, was er gesucht hatte. An einem Tisch in unmittelbarer Nähe der kleinen Bühne saß einer der Herren mit Zopf und hob zur Begrüßung die Hand. Hansen lächelte und durchquerte, hier und da Hände schüttelnd, den Raum. Er nahm neben dem Zopfträger Platz, zog die Jacke aus und machte es sich auf dem klapprigen Holzstuhl leidlich bequem. Störmer wandte sich wieder dem Schreiber zu, der in seinen Wein glotzte, als lägen seine Tantiemen auf dem Boden des Glases.

»Was macht er denn sonst so? Wenn er nicht gerade Autoren über den Tisch zieht.«

Lorenz zuckte mit den Achseln. »Keine Ahnung. Kalender.«

»Kalender?«

»Emanzen-, Männer-, Hunde-, Katzen-, Fußball-, Jugend-, Friedens- und Bundeswehrkalender.«

»Keine Bundeswehr«, korrigierte sein lesekundiger Freund.

»Dann eben nicht. Würde er aber auch machen. Das bringt nämlich Geld, im Gegensatz zur großen Literatur.«

»Seit wann schreibst du große Literatur? Wußte ich ja gar nicht«, spottete der Leser zurück. »Außerdem ist Benny gar nicht so übel ...«

»Nicht übel. Stimmt, nicht ›übel‹ ... eine widerliche Drecksau. Denk doch mal an Jutta, oder wie die hieß. Oder an Marius ...«

Störmer erhob sich im gleichen Moment wie der Applaus des mittlerweile recht zahlreichen Publikums. Vorne, auf dem kleinen Podest, tauchte eine in locker fallende schwarze Tücher gekleidete Zwergin auf und nahm hinter dem Tisch Platz. Ihr stramm mit grau-schwarzen Haaren umwickelter Kopf war noch zu sehen. Störmer legte den Finger an die Hutkrempe, ließ sich den karnevalesken

Gegengruß des lesekundigen Informanten gefallen, glitt vom Barhocker und schlich mit seinem Scotch bis zu Hansens Tisch. Er ließ sich auf den letzten freien Stuhl fallen.

»Darf ich?«

»Nur zu«, sagte Hansen freundlich, ohne den Blick von der Bühne zu wenden. In dem kleinen Café war es jetzt so ruhig, daß man sogar das leise Brodeln der Espressomaschine hinter der Bar hörte. Störmer sah nach vorn. Die kleine Literatin ordnete einige Bögen, trank einen letzten Schluck Wasser und räusperte sich.

»Ich werde zunächst aus meinem letzten Gedichtband, ›Du, liebe Zeit‹ vorlesen. Das Gedicht trägt den Titel ›Schlangenhaut, am Tage‹.« Sie räusperte sich wieder, und Störmer betrachtete Hansen. Der Verleger wirkte jung, obwohl die Falten in seinem Gesicht verrieten, daß er nicht erst gestern aus nassen Windeln gepurzelt war. In seinem Mundwinkel hockte ein verwirrendes Lächeln. Ob er die lesebereite Zwergin hinter dem Tischchen lächerlich oder wunderbar fand, war nicht ohne weiteres zu erkennen.

»Zuletzt schlägt Regen«, piepte die Stimme von vorn, und Störmer versuchte, aufmerksam auszusehen. »Unter faule Wände. Könnten wir nur. Wir ließen uns zurück. Suchten Gold. Platin unter Rissen. Die zu kitten. Nichts vermag. Nichts vermag. Aber ach. Es. Fänden uns doch. Fänden uns nur. Bedauerlich. Konjunktive, Konjunktive. Lebenslüge.«

Sie blätterte den Zettel geräuschvoll zur Seite und ließ eine längere Pause entstehen, offenbar, um das Ende des Gedichtes anzukündigen. Störmer klatschte höflich und fing sich einige bitterböse Blicke ein. Die Dichterin räusperte sich in seine Richtung und sagte: »Schlangenhaut, zur Nacht.« Störmer hatte genug gehört. Er wandte sich an Hansen.

»Herr Hansen?«

»Pssst.«

»Mein Name ist Störmer. Ich ermittle in der Sache Besenbinder und habe einige Fragen...«

»Aber doch nicht jetzt«, flüsterte Hansen ungläubig. Die Dichterin auf dem Podest wartete auf das Ende des Disputs.

»Entweder hier oder draußen. Ich kann nicht warten, bis die Kleine fertig ist.«

Für einen Augenblick dachte Störmer, Hansen wolle vor Verwirrung in Ohnmacht fallen. Dann besann sich der Verleger des Rufs, den er zu verlieren hatte, und erhob sich.

»Kommen Sie mit«, zischte er und marschierte mit in den Taschen der Jeans vergrabenen Händen auf den Ausgang des Cafés zu. Die Blicke, die ihn trafen, erwiderte er mit einem hilflosen, trotzdem entwaffnenden Lächeln. Er schien es lange geübt zu haben. Störmer folgte ihm. Die Blicke des kulturbegeisterten Publikums rutschten von Hansen ab und versuchten, ihm Löcher in den Rücken zu brennen. Vielleicht waren sie auch nur neidisch.

Hansen blieb vor der Tür des mittlerweile geschlossenen Buchladens stehen und zog eine Schachtel Marlboro aus der Seitentasche seines Jacketts. Er zündete eine Zigarette an, ließ Schachtel und Feuerzeug wieder verschwinden und sah Störmer an. Aufrichtige Freude schien er wegen der Befreiung aus den Händen der verwirrenden Tuchträgerin nicht zu empfinden.

»Also?« fragte er.

Nach kurzem Suchen fand Störmer das orangene Feuerzeug in seiner Brusttasche und brachte eine L&M zum Glühen. »Sie haben die Rechte an Eva-Maria Besenbinders letztem Buch geerbt. Richtig?«

»Richtig.« Hansen war ein gutes Stück geschwätziger als ein toter Papagei.

»Wußten Sie vor dem Tod der Besenbinder davon?«

»Wovon? Daß ich das Buch machen sollte?«

»Ja.«

»Nein. Warum fragen Sie mich das? Sind Sie Polizist?«

»Privatdetektiv.«

Hansen ließ seine Zunge verwirrt hinter den Backenzähnen nach Brotresten suchen. »Privatdetektiv? Wer hat Sie beauftragt? Polzin?«

»Darf ich Ihnen leider nicht sagen.«

»Wer sonst«, sagte Hansen mehr zu sich selbst und ließ einen Liter Rauch in seinen Lungen verschwinden. Es erstickte jeden weiteren Kommentar.

»Haben Sie irgendeine Idee, warum Frau Besenbinder ausgerechnet Ihnen die Rechte vermacht hat?«

»Nein. Keine Ahnung.« Hansen ließ eine Pause entstehen, bevor er etwas gesprächiger wurde. »Ich meine, natürlich kannte ich Eva, von Lesungen, Festen ... wie man sich eben kennt. Und natürlich habe ich ihr häufiger gesagt, daß ich liebend gern eines ihrer Bücher verlegen würde, um so reich und ruhig zu werden wie Alexander. Aber das hat ihr jeder Verleger gesagt, der das Wort Geld buchstabieren kann. Es war Spaß.«

»Weil sie sowieso nur bei Strand verlegt wurde.«

»Eben.«

»Also ist Ihnen das Ganze ein Rätsel. Sie haben nicht den blassesten Schimmer, wie Sie zu der testamentarisch verfügten Ehre kommen.«

»Genau.«

Störmer nickte. Falls er das glauben wollte, konnte er genausogut glauben, dieses Gespräch in einer Hundehütte zu führen.

»Sonst noch was?« fragte Hansen und trat die Zigarette aus. »Oder darf ich wieder gehen?«

Störmer nickte. »Nur zu. Vielleicht melde ich mich noch mal. Falls Sie mir irgendwas erzählen wollen, rufen Sie mich an.« Er zog eine Visitenkarte aus der Manteltasche und hielt sie Hansen mit zwei Fingern hin. Der Verleger nahm sie entgegen und betrachtete sie. »Karl-Heinz Störmer. Hübsche Handschellen. Selbst gezeichnet?«

»Die gefallen jedem«, sagte Störmer und machte auf dem Absatz kehrt. Er wanderte vor Hansen her ins Café zurück und setzte sich noch einmal auf seinen Platz an der Bar, während der Belästigte mit einem entschuldigenden Lächeln lautlos zu seinem Tisch zurückmarschierte. Er sah sich nur kurz nach Störmer und den zwei langhaarigen Barhockern um. Die beiden literarisch interessierten Informanten litten offenbar unter der Vorlesung und waren zu Whisky übergegangen. Störmer klopfte dem Leser auf die Schulter.

»Eine Frage hätte ich noch. Hat Hansen Feinde?«

»Einer sitzt neben mir.«

»Und sonst?«

»Haufenweise.«

»Ich meine diese Jutta, von der ihr vorhin gesprochen habt. Oder Marius.«

Der Leser winkte genervt ab. »Quatsch. Das sind Autoren. Die können nur mit Tinte richtig fies werden. Keine Chance. Aber vielleicht ...« Er legte die Stirn in Falten und klopfte seinem Partner auf die Schulter. »Sag mal, Lorenz, wie hieß diese Sekretärin?«

»Welche Sekretärin?«

»Deine wahrscheinlich. Die, die früher bei Pegasus gearbeitet hat. Dieses Kalb.«

»Ach, die.«

»Ja. Wie hieß die?«

»Wahrscheinlich Susanne. Es gibt überhaupt keine Sekretärin, die nicht dick und doof ist und Susanne heißt. Oder Sabine oder Silke oder Sonja.« Er sackte müde nach vorn. Störmer war nur zehn Minuten weg gewesen, aber der enttäuschte Schreiber hatte die Zeit offenbar gut genutzt.

»Hieß sie nicht«, sagte der Leser. »Denk mal nach.«

Lorenz dachte. Es schien ihm wegen der vom Pult herüberwabernden Gedichtfetzen nicht leichtzufallen.

»Gudrun«, sagte er schließlich bedeutungsschwer und sackte wieder auf die Bar. »Kann nicht mal jemand diese Frau abstellen? Ist ja grauenhaft.«

»Gudrun. Genau. Gudrun Gerstenmüller«, sagte der Leser zu Störmer, bevor er seinen Partner kurz anlachte. »Wir könnten ihr Tomaten an den Kopf werfen. Was meinst du?«

»Hab keine da. Ich wollte eigentlich ins Kino, und da braucht man kein Obst.«

»Gemüse. Tomaten sind Gemüse. Wie bist du eigentlich so alt geworden?«

»Passe. Weiter.«

Der Leser wandte sich wieder Störmer zu. »Wenn Sie irgendwas Schlechtes über Hansen erfahren möchten, wenden Sie sich vertrauensvoll an Gudrun.«

»Ich werd's mir merken.« Störmer stand auf. »Und grüßen Sie Ihren Freund, wenn er wieder bei sich ist.«

»Wie soll ich bei mir sein, wenn ich hier bin«, murmelte Lorenz gequält. Störmer legte das Geld für den Scotch auf den Tresen, und das laute Klingeln der Münzen sorgte dafür, daß wieder einige messerscharfe Publikumsblicke in seine Richtung schossen. Er bedankte sich bei den beiden Denunzianten, die müde abwinkten, zog seinen Hut tief ins Gesicht und verließ das Café. Sein Bedarf an Literatur und Literaten war für mindestens drei Jahre gedeckt.

11.

Als Störmer am nächsten Morgen aus seiner erst einige Wochen zuvor im dritten Stock des Hauses angemieteten Wohnung ins Büro im ersten Stock hinuntermarschierte, hatten sich an den Fenstersimsen dicke Eiszapfen gebildet. Oben, in der noch nicht renovierten Wohnung unter dem Dach, war es so warm wie in einem Eisfach, und Störmer hatte dem Morgen entgegengezittert. Die Stadt war schon im Sommer deprimierend genug; im Winter konnte sie einen fertigmachen.

Da Doris unter einem Zahnarztbohrer litt, mußte Störmer das Kaffeekochen selbst in die Hand nehmen. Er schaufelte einige Löffel Pulver in den Filter, schüttete vorsichtshalber noch etwas nach, drückte auf den Knopf und marschierte wieder hinaus, um sich Brötchen, die Zeitung und zwei Schachteln Lucky Strike zu besorgen. Es spielte keine Rolle, wer die Dinger rauchte. Die widerlichen L&Ms waren für das Wohlbefinden eines Menschen nicht besser als schmutzige Unterhosen.

Nachdem Störmer das erste der zwei mit Käse belegten Brötchen heruntergewürgt und sich davon überzeugt hatte, daß der Kaffee allenfalls zum Straßenteeren geeignet war, griff er zum Telefonbuch und suchte nach Gudrun Gerstenmüllers Nummer. Es gab einen Haufen Gerstenkorn im Hamburger Telefonbuch, aber nur eine Gerstenmüller. Und falls der gelbe Großziegelstein sich nicht irrte, waren sie und Störmer beinahe Nachbarn. Bis zur Detlev-Bremer-Straße 49 brauchte man sogar ohne Beine nicht länger als zehn Minuten.

Störmer wählte die angegebene Nummer und hörte sich das Band an, das die Post säumigen Kunden zuvorkommend in die Leitungen schaltet. Er legte wieder auf, frühstückte in Ruhe zu Ende, rief die Werkstatt Gröhl an, kündigte seinen Besuch für den Nachmittag an und machte sich dann auf den Weg nach unten.

Im Treppenhaus traf er auf Doris, die leidend die schmalen Stiegen hinaufschlurfte und dabei erbärmlich seufzte. Er betrachtete ihr verbeultes Gesicht und verzog mitfühlend den Mund, ohne etwas zu sagen. Doris schleppte sich wie ein fleischgewordenes Mahnmal gegen die Zahnärzte dieser Welt weiter, und Störmer trat hinaus in die kristallklare Kälte.

Noch immer war kein Schnee gefallen. Aus einem gut beheizten Büro hätte man angesichts des strahlend blauen Himmels auf die Idee kommen können, die Menschen liefen draußen in Bikinis und sportlichen Badehosen herum, aber sobald man hinausging, fror diese Hoffnung unverzüglich ein. Diesmal war das Türschloß des Saab durch die nächtliche, kurze Tauphase und den anschließenden Kälteeinbruch hoffnungslos vereist. Nach einigen Minuten konnte Störmer das Feuerzeug nicht mehr festhalten und marschierte schweren Herzens über die glatten Gehwege hinüber zur Tankstelle zwischen den Häuserblocks. Er kaufte dem Flugzettel gegen den bevorstehenden Abriß der unrentablen Spritstation verteilenden Besitzer ein preisreduziertes Enteisungsspray ab und flüchtete vor dem kleinlauten Gejammer des großen Mannes. Nach wenigen Sekunden fraß sich die geballte Ladung Chemie durch die Eisschicht, und Störmer konnte losfahren. Der Scheibenwischer saß fest.

Auf dem rutschigen Weg über die Helgoländer Allee und die Reeperbahn grölte ihm ein deutscher Schlagerstar die Morgenlaune mit erschreckend dummen Versen über das uralte Thema aus dem Leib. Zwei Stunden Privatradio mußten auch den größten Skeptiker davon überzeugen, daß es Schlimmeres als Erdbeben gab.

Die arktische Kältewelle schien der sündigen Meile in

den Unterleib gefahren zu sein. Die vereisten Fleischwerbungen hinter den dünnen Scheiben längs der Reeperbahn konnten nur auf Eskimos oder Tiefkühlfleischvertreter anziehend wirken, und außer ein paar Dampfschwaden ausstoßenden Pennern, die das feilgebotene Fleisch schon lange nicht mehr wärmte, trieb sich niemand auf den Gehwegen herum. Warum kam niemand auf die Idee, die Reeperbahn wie all die anderen Einkaufspassagen in der Stadt unter Glasdächern zu vergraben und mit Heizungen auszustatten? Vielleicht, weil niemand das älteste Gewerbe der Welt auf die erste Position der hanseatisch-seriösen Wirtschaftstabellen der Stadt hieven wollte. Vielleicht auch nur, weil die zuständigen Beamten nicht ahnten, wie kalt es draußen war, wenn man in Minirock und Strumpfhosen über die Gehwege zitterte.

Störmer bog in die Hein-Hoyer-Straße ein, stellte fest, daß man die Gegend um die Detlev-Bremer-Straße zur Spielwiese für durchgedrehte Einbahnstraßenplaner erkoren hatte, und mußte schließlich wegen in vierter Reihe parkender Großlaster über die Clemens-Schulz- und die Budapester Straße noch mal von vorne anfangen. Er bog ordnungsgemäß in die tote, schattige Detlev-Bremer-Straße ein und fand einen Parkplatz vor dem Haus mit der Nummer 49. Im Erdgeschoß steckte ein Imbiß, der den Mykonos-Postern im Schaufenster nach griechisch sein sollte und eine ölig-schwarze Girosrauchzunge an der Hauswand hochlecken ließ. Störmer stieg aus.

Die Tür des Hauses war so sauber wie ein Kinderarsch, und neben glitschigen Klingelknöpfen lauerten Namensleichen hinter stumpfen Plastikschildern. Den Dreifachnamen nach zu urteilen, hausten ganz oben einige WG's oder Frauen, die noch immer nicht begriffen hatten, wie daneben diese Mehrfachbenennerei war. Auf einigen der stumpfen Plastikscheibchen klebten frisch gestanzte osmanische Namen. Gudrun Gerstenmüllers Wohnung lag im ersten Stock, dort, wo die Spitze der schwarzen Giroszunge die Fensterbänke kitzelte. Störmer drückte die schmutzige Tür mit den Fingerspitzen auf, stieg über die umgestürzten Kinderfahrräder unter den verbeulten Briefkästen und wanderte über knarrende Holzstufen nach oben. Auch im Flur roch es nach Knoblauch und Schweiß.

Die Klingel neben der weißen, abgesplitterten Holztür funktionierte nicht, also klopfte Störmer an und wartete. Nach einer guten halben Minute öffnete die Bewohnerin die Tür. Vielleicht war sie tatsächlich irgendwann Sekretärin gewesen, aber so, wie sie jetzt aussah, hätte sie sogar als »Vorher«-Darstellerin in einem Rehabilitierungsfilm schlechte Karten gehabt. Mit viel Phantasie konnte man ahnen, daß sie früher reizvoll gewesen war; die vollen Lippen, die großen, grünen Augen und die weibliche Figur hatte der Alkohol nicht vollständig ersäufen können. Er hatte es aber immerhin geschafft, eine schwammige Schicht darauf abzulegen. Gudrun Gerstenmüller wischte sich eine fettige hellbraune Haarsträhne aus dem Gesicht und stützte die Hand in die Hüfte. Der rote Pullover, den sie trug, brauchte eigentlich die Unterstützung eines BHs oder wenigstens eines T-Shirts, und die Jeans, in deren Gürtel sie die Hand abstützte, hatten schon lange keine Waschmaschine mehr von innen gesehen.

»Frau Gerstenmüller?« fragte Störmer.

»Ja«, sagte sie und biß zweimal auf einen Kaugummi, den sie bis zu diesem Moment hatte einweichen lassen. »Ich hab schon alle Zeitungen. Ist mir auch egal, ob du'n Knacki bist.«

»Darum geht es nicht. Kann ich reinkommen?«

»Warum?«

»Um über Bernhard Hansen zu reden.«

Sie kaute wieder zweimal und ließ es dann bleiben.

Ihrem Gesichtsausdruck nach erinnerte sie sich an den Namen.

»Was soll'n das? Is ihm was passiert?«

»Nein. Können wir reden?«

»Ich will nicht über Bernhard Hansen reden. Bist du'n Bulle oder was?«

Die gegenüberliegende Tür öffnete sich quietschend, und eine unter Hunderten von Kleidern versteckte Türkin trippelte an Störmer und der Ex-Sekretärin mit dem tiefen Ausschnitt vorbei. Gudrun Gerstenmüller warf ihrer Nachbarin ein säuerliches Lächeln zu.

»Nein, bin ich nicht«, sagte Störmer. »Ich bin Privatdetektiv. Mein Name ist Störmer.«

»Ach, nee? Sind Sie wegen 'ner Frau hinter Benny her, oder kommen Sie von 'ner Bank?«

»Können wir drin weiter reden?«

Sie versperrte weiter den Weg in die Wohnung und überlegte. Störmer zog einen Hunderter aus der Jackentasche, um es ihr etwas leichter zu machen. Sie griff nach dem Schein und gab den Weg frei.

»Das verdient man hier nicht so leicht«, sagte sie und schloß die Tür hinter Störmer. »Geradeaus, ins Wohnzimmer.«

Die Frau mit dem nachlässigen Pullover schien keinen großen Wert mehr auf die Erledigung der klassischen Hausfrauenpflichten zu legen. Überall standen leere Flaschen zwischen achtlos weggeworfenen Kleidungsstücken und vollen Aschenbechern herum, und die Möbel im Wohnzimmer waren staubiger als eine Politikerkehle nach monatelangem Wahllügen. Nikotinhaltige Staubfäden hingen in den Ecken des Wohnzimmers, die blaue Sitzgarnitur vor dem Fenster hatte allenfalls nostalgischen Wert, und auf dem alten Fernseher in der rechten Zimmerecke stand eine halb geleerte, trotzdem nicht besonders einladend wirkende Flasche Küstennebel. Die blassen Pflanzen auf den Fensterbänken und dem schäbigen Regal vor der gegenüberliegenden Wand hatten offenbar schon wesentlich länger nichts zu trinken bekommen als ihre Besitzerin.

Störmer setzte sich, ohne den Hut abzulegen. Gudrun Gerstenmüller legte den Hunderter neben eine staubige Vase in dem wandfüllenden Regal, holte zwei Gläser heraus, entfernte die Flasche vom Fernseher und nahm in dem blauen Sessel Störmer gegenüber Platz.

»Auch?«

»Nein. Nicht so früh am Morgen. Sie haben für den Pegasus-Verlag gearbeitet.« Störmer betrachtete die verstreut im Zimmer herumliegenden Bücher. Es waren einige Pegasus-Titel dabei, aber die meisten Einbände versprachen andere Dinge als literarische Erfüllung.

»Ja«, sagte die an romantischem Kitsch interessierte Trinkerin. »Ist aber schon 'ne Weile her.«

»Wie lange?«

»Weiß ich nicht.« Sie nahm sich eines der neben ihr auf dem Sessel liegenden Kissen und drückte es sich an die Brust. Sie konnte niemanden an die Mutter Gottes erinnern.

»Man hat mir erzählt, Hansen ziehe seine Autoren über den Tisch. Ist da was dran?«

»Ich weiß ja nicht, wer Ihnen das erzählt hat, aber das war bestimmt einer von den Autoren.« Sie prustete verächtlich und ließ das Kissen wieder sinken. »Von den armen Autoren. Den wichtigen. Die meisten von denen sollen sich freuen, daß sie überhaupt verlegt werden.« Sie nahm einen kleinen Schluck von dem Küstennebel. Sie war noch so gut wie klar, aber offensichtlich bereit, daran zu arbeiten.

»Er bezahlt nicht, sagt man. Hat er kein Geld?«

»Bernhard hatte nie Geld«, seufzte sie. »Bernhard verlegt diese Leute, um Kunst zu machen. Sie kosten ihn Geld, aber er verdient nichts an ihnen. Deshalb macht er doch diese Kalender und dieses Zeug. All dieses Zeug.«

Sie schenkte wieder nach. Es schien ihr keinen besonderen Spaß zu bereiten, sich an Hansen zu erinnern, obwohl sie ihn verteidigte.

»Wie war Ihr Verhältnis zu Hansen?«

Sie schwieg den Küstennebel lange an, bevor sie antwortete. »Das geht Sie einen Scheißdreck an. Auch wenn Sie mir Geld geben.«

»Und warum hat er Sie entlassen?«

»Wer hat das gesagt, daß er mich entlassen hat? Bernhard? Ich bin gegangen, von selbst.«

»Niemand hat das gesagt. Warum also?«

»Er hatte kein Geld mehr, um mich zu bezahlen.«

Sie log nicht besser als Uwe Barschel, aber die Erinnerung schien sie mitzunehmen. Langsam tauchte sie hinter die Küstennebel, um wieder alles zu vergessen.

»Fangen wir mal anders an«, sagte Störmer. »Was ist Hansen für ein Typ. Was macht er so?«

»Wie meinen Sie das?«

»Frauen, Freizeit, Arbeit.«

Sie schwieg wieder den Küstennebel an. »Er genießt ...«, sagte sie und schüttelte den Kopf, als sei ihr ein besserer Anfang eingefallen. »Bernhard mag Frauen. Er hat jede Menge Frauen. Aber er liebt niemanden.« Für eine Sekretärin hatte sie sich sehr schnell für das Thema Frauen und gegen Arbeit entschieden. »Er gefällt eben allen. Der Kunstverleger, der nebenbei Kalender macht, um leben zu können. Was für ein Idealist. Immer mitten drin in der Szene, immer an den kleinen, dummen Gänschen dran, die er in seine tolle Wohnung oder sein Häuschen abschleppen kann... um ihnen die See aus der Nähe zu zeigen.« Sie imitierte seinen Tonfall, wenn auch nicht besonders gelungen. Er würde kaum solche Schwierigkeiten mit den weichen Lauten haben. »Hier sind wir allein, in der unberührten Natur… nur du und ich, mein Schatz. Siehst du die Möwen… Scheißmöwen. Ach, Scheiße.« Sie goß wieder nach. Die Flasche war jetzt beinahe leer.

»Sie scheinen nicht besonders gut auf ihn zu sprechen zu sein.«

»Ist mir egal. Ist mir alles egal.« Sie schüttelte den Kopf. Störmer hatte die Wohnung und die Bewohnerin lange genug angesehen, um ihr glauben zu können.

»Haben Sie noch Kontakt zu ihm?«

Sie schüttelte so energisch den Kopf wie ein kleines Kind, das sich bei einem »Ja« auf Prügel einrichten kann.

»Wo ist dieses Haus?« fragte Störmer.

»Welches Haus?«

»Hansens Haus.«

»Ach, das.« Ihr Kinn sackte sanft nach vorn. Es kam nichts mehr.

»Wo ist es?« fragte Störmer wieder.

»Ist doch egal.«

»Mir nicht. Seien Sie ein Engel.«

»Bin ich schon lange nicht mehr. Früher war ich ein Engel.« Sie sah zu ihm auf, und ein winziges Glitzern schoß durch ihre Augen, bevor es von einer traurigen Erinnerung hinterrücks erschlagen wurde. »Früher war ich mal viel schöner«, sagte sie leise und faßte nach ihren Haaren, als sähe sie die Zotteln zum erstenmal. »Gott, wie siehst du denn aus, Gudrun. Häßliches Mädchen.«

»Sie waren bestimmt schön.«

»Quatsch.«

»Wie Sie meinen. Wo ist das Haus.«

»Ach. In Westerirgendwas, was weiß ich.«

»Denken Sie mal nach.«

Sie seufzte und zog den Zeigefinger durch eine verklebte

Haarsträhne. »Wen interessiert das, verdammt noch mal. Irgendwo am Meer. In der Nähe von St. Peter-Ording. Ich weiß nicht, wie das Kaff heißt.«

Sie goß den letzten Rest Küstennebel in das schmutzige Glas, stellte die Flasche neben den Sessel und drückte das blaue Kissen wieder fest an sich. Die Sitzung war beendet. Niemand durfte sie und das einzige Ding auf der Welt, das sie noch liebte, stören. Störmer stand auf und ging.

12.

Das Kaff hieß Westerhever und lag nördlich von St. Peter-Ording vor einer kleinen Landzunge am Meer; es gab in der ganzen Gegend kein anderes Dorf, dessen Name irgend etwas mit »Westerirgendwas« zu tun hatte. Störmer faltete die Karte zusammen, fand sich damit ab, daß er seinen Termin bei Gröhl auf den nächsten Tag verschieben mußte, und machte sich auf den langen Weg nach Norden.

Die Autobahnen waren frei, und gepflegte junge Wilde in schnieken BMWs rasten auf der linken Seite an dem kleinen blauen Hindernis vorbei, das rauchend auf der rechten Seite vorwärts schlich. Störmer fand während der zweistündigen Fahrt genügend Zeit, die eisstarren Kunstwerke längs der Piste zu betrachten. Es war die gleiche Autobahn, auf der auch Eva-Maria Besenbinder unterwegs gewesen war. Das war noch kein Indiz; es gab einen Haufen Menschen, die auf der Autobahn unterwegs waren, und nicht alle hatten etwas mit Morden oder Unfällen zu tun. Die Möglichkeit, daß Hansen gelogen hatte, als er seine Beziehung zur erfolgreichen Eva beschrieben hatte, lag jedoch zumindest nahe genug, um nach dem

Ferienhäuschen an der Nordsee zu suchen und sich das Domizil des engagierten Kunst-Verlegers anzusehen.

Das Land an der Küste war flach, von vereisten Gräben durchzogen wie ein gepeitschter Rücken, und wirkte unter dem tief hängenden Himmel nicht einladender als ein Nachtclub für Versicherungsvertreter. Vor Westerhever ragte ein rot-weiß gestreifter Leuchtturm zwischen zwei weißen Häuschen aus dem Marschland und versuchte wie ein friesisches Fruchtbarkeitssymbol auszusehen. Trotzdem hatte das Dorf mit seinen vermutlich gut unter sandigen Dünen oder Kuhdung verborgenen kulturellen oder sonstigen Reizen nicht sonderlich viele Menschen angezogen, und Störmer mußte nicht erst nach Katasterämtern suchen, um Hansens Adresse herauszubekommen. Der Tankstellenbesitzer an der Straße von St. Peter-Ording nach Westerhever konnte sich gut an Hansen, dessen allwochenendliche Besuche und die Stammtischgespräche über den Verleger erinnern. Der Städter hatte sich sogar dazu herabgelassen, abends mit seinen Nachbarn in der Dorfkneipe einen Kurzen zu trinken und sich nach dem Zustand der örtlichen Schafzucht zu erkundigen. Störmer entrann dem Gespräch, ohne selbst allzuviel über diese Dinge zu erfahren, und folgte seiner Handskizze bis zu Hansens südwestlich des Ortes gelegenem Unterschlupf.

Das kleine Holzhaus hockte am Ende eines Feldweges auf einer Sanddüne und genoß tagein, tagaus den gleichen Ausblick auf die etwa einen Kilometer entfernt gegen die Küste anrollende Nordsee. Störmer stieg aus und marschierte über den hartgefrorenen Schlamm vor der Holztreppe an der Seite des Hauses einmal um die bessere Holzbaracke herum. An der dem Meer zugewandten Seite glänzten große, dünne Scheiben, hinter denen das einzige Zimmer des Hauses im Halbdunkel lag, und auf der Rückseite ließ ein Komposthaufen auf die ökologische Sorgfalt des Besitzers schließen. Vom Meer strich ein Wind wie ein bissiger Hund über die Dünen und in Störmers dünnen Trenchcoat. Hier draußen war es kälter als in der Stadt, und der kurze Tauwettereinbruch schien sich mangels Haus- oder Gulliwärme nicht bis nach Westerhever durchgekämpft zu haben. Störmer hielt seinen Hut fest. Für längere Aufenthalte an der winterlichen Nordsee waren Mantel und Jackett offenbar kein geeigneter Aufzug, also wanderte er zurück und betrachtete den hartgefrorenen Boden vor der Holztreppe. Neben Spuren von breiten Reifen und dünneren Reifen hatte der Frost aus großen Abdrücken von Schuhen mit gestreiften Hacken und kantigen Schlammaufwerfungen Miniaturlandschaften konserviert, für die Modelleisenbahner meilenweit gelaufen wären, und vor den nach oben führenden Treppen schrie ein knallblauer Schneeschieber nach dem nächsten Schneefall.

Störmer wanderte die vereisten, knarrenden Stufen hinauf und drückte die Türklinke nach unten. Die Tür war verschlossen, aber nicht besonders stabil. Billigere Schlösser als das in der Tür gab es kaum mehr zu kaufen, und Störmers Nachschlüsselset rechtfertigte nach vier Versuchen seine Anschaffung. Störmer öffnete die Tür und betrat den kühlen, wegen der über der See zu Hochhäusern zusammenwachsenden Wolken jetzt düsteren Raum. Vor dem Fenster stand ein Rollofen, der leider nicht in Betrieb war, und der kleine Kamin an der Rückseite des Hauses war ebenfalls arbeitslos. In der Mitte des Raumes, vor der kleinen Kaminecke, standen ein graues, tiefes Stoffsofa und ein Couchtisch aus Holz, und rechts, durch einen original japanischen Raumteiler abgetrennt, ein französisches Bett. Die Tür in der Nordwand des Hauses mußte zum Badezimmer führen, und eine kleine Kochnische an der landwärts gelegenen Seite versteckte sich hinter einem Vorhang. Das war, abgesehen von herumliegenden Fellen, flachen Regalen voller Bücher und einem an der Wand lehnenden Klapptisch mit dazugehörigen Stühlen, alles. Für kostspieligere Möbel waren die einsame Gegend und das müde Türschloß auch nicht die richtigen Rahmenbedingungen. Was Störmer zu schaffen machte, war, daß Hansen offensichtlich auch kein Licht zu brauchen schien. Minutenlang tappte er durch den düsteren Raum und tastete nach Lichtschaltern, bevor er schließlich die Badezimmertür öffnete, das Deckenlicht einschaltete und eine der kleinen Klemmleuchten im Wohnzimmer entdeckte.

Nachdem er aus dem zur Straße gelegenen Fenster gesehen und die Vorhänge zugezogen hatte, machte er sich an die Arbeit. Er suchte nichts Bestimmtes, und genau das fand er zunächst auch. Im Badezimmerschränkchen über dem Waschbecken war alles, was man für einen Wochenendaufenthalt an der Nordsee brauchte: Kopfschmerztabletten, Seife, Zahnpasta, ein Rasierapparat und eine 12er-Packung Kondome. Störmer öffnete den kleinen Schrank unter dem Boiler und hob die Propangasflasche an. Sie war schwer genug, um erst vor kurzem ihren Einstand gegeben zu haben.

Er marschierte weiter in die kleine Küche, betrachtete die aufgeräumten Regale und die leere Spüle, fand die Topflappen albern und sah aus dem schmalen Küchenfenster auf den Komposthaufen vor dem Haus. Nachdem er in den leeren Mülleimer unter der Spüle gestarrt hatte, ging er hinaus, und sah etwas genauer hin. Die Zigarettenkippen, die oben auf dem hartgefrorenen Haufen neben Eierschalen und vertrockneten Nudeln lagen, waren erstens nicht die Reste von Hansens unvermeidlichen Marlboros und zweitens am Ende der Filter zu rot, um aus dem Mund eines Mannes zu stammen. Hansen war nicht der Typ Mann, der an die See fuhr, um geschminkt zu rauchen.

Außer den Zigarettenkippen, die eigentlich nicht auf einen Komposthaufen gehörten, wies nichts auf dem Abfallberg darauf hin, daß eine Frau hier gewesen war. Störmer nahm einen der Stummel hoch, entzifferte den Schriftzug »Philip Morris« im zerknautschten Tabakende über dem Filter und steckte die Kippe in die Manteltasche.

Der Kleiderschrank neben dem Bett und der Nachttisch am Kopfende enthielten nicht mehr Hinweise auf echte Weiblichkeit als die Artikel in einem Herrenmagazin. Es gab nicht einmal ausschließlich für Frauen gedachte Illustrierte auf dem Tischchen neben dem Sofa. Das Wochenendhaus war etwas zu sauber, um sauber zu sein. Nahm man die Wohnung der verunglückten Autorin hinzu, war es schon die zweite Station, die sehr aufgeräumt wirkte. Störmer ließ sich auf das Sofa sinken und dachte darüber nach. Der einzige, wenn auch schwache Hinweis darauf, daß die Frau, die hier gewesen war, den schönen Namen Eva getragen haben konnte, war die Tatsache, daß sich jemand alle erdenkliche Mühe gegeben hatte, ihre Spuren zu tilgen.

Es war ein bißchen zu wenig, um jemanden damit vor ein Gericht zu zerren, und ein bißchen zu viel, um sich zufrieden in den hartgefrorenen Sand vor der Hütte sinken zu lassen. Störmer suchte weiter. Er zog Bücher aus den Regalen, um versteckte Briefe zu finden, durchsuchte die Küchenschränke nach Nagellackflaschen, drehte die Felle um, ohne dabei auf mehr als eine sandige Haarnadel zu stoßen, schüttelte die Zeitungen aus und faßte schließlich in den schmalen Spalt zwischen den tiefen Rücken- und Sitzpolstern der grauen Couch. Zehnpfennigstücke stecken in beinahe jedem Sofa, aber Ohrringe sind zum Leidwesen jeder ordentlichen Putzfrau äußerst selten.

Störmer hielt den kleinen Götterboten mit dem brillantbesetzten Helm in das schwache Licht der Klemmleuchte, als etwas gegen die Tür knallte. Er ließ den Gott der Diebe und Dichter in der Manteltasche verschwinden, zog vorsichtshalber die Luger aus dem Schulterholster und stellte sich neben dem Türrahmen auf. Draußen regte sich nichts. Nach einigen Sekunden wurde ihm das Warten zu dumm, also öffnete er vorsichtig die Tür und sah durch den Spalt nach draußen. Die zerzauste Möwe erhob sich mit einem angsterfüllten Schrei und hob in die graue Nachmittagsluft ab. Störmer sah ihr nach und steckte die Luger wieder ein. Mit einer Kanone auf Spatzen zu schießen, war vielleicht in Ordnung, aber zurückgebliebene Lachmöwen mit einer Luger zu bedrohen, war wirklich albern. Er schloß die Tür wieder, knipste die Lampe aus und verschwand aus Hansens Wochenendhaus.

Seine Vorfreude auf das Gespräch mit dem Kalender-Verleger wurde lediglich durch die Tatsache getrübt, daß sein Türschloß wieder eingefroren war und die chemische Eiskeule sich geschickt aus dem Staub gemacht hatte. Das orangene Feuerzeug schaffte es gerade noch bis zur Eisschmelze, bevor es endgültig erlosch.

13.

Es war siebzehn Uhr, als Störmer wieder in seinem Büro eintraf, an Doris vorbei zu seinem Schreibtisch marschierte, ohne seinen Mantel oder Hut abzulegen, und nach kurzem Suchen in seinem privaten Telefonverzeichnis die Wählscheibe des schwarzen Telefons drehte. Leute, bei denen er noch etwas gut hatte, bekamen ein Sternchen in seinem Verzeichnis, und Trautner hatte zumindest ein halbes.

Störmer ließ sich vom Telefonfräulein der Deutschen Bank zu Trautner durchstellen, der ihn mit einem mißtrauischen Seufzer begrüßte.

»Na, Karl-Heinz. Wie geht's?«

»Mir geht's gut. Du kannst mir einen Gefallen tun.«

»Das hatte ich befürchtet, als ich gehört hab, daß du es bist. Sag schon.«

Doris stellte ihrem Chef mit verheultem Gesicht eine Tasse dampfenden Kaffees auf den Schreibtisch. Störmer versuchte aufmunternd zu lächeln. Sie sah aus, als habe sie nur auf ihn gewartet, um sich im Vorzimmer zu erhängen.

»Ich brauche Informationen über den Pegasus-Verlag. Und einen gewissen Bernhard Hansen. Schreibst du mit?«

»Ja.«

»Besorgst du mir das? Welche Kredite laufen wann ab, wie hoch sind die langfristigen Schulden, was hatte er gestern in der Portokasse. So was.«

»Müßte ich über die Schufa rauskriegen, wenn er was laufen hat.«

»Was immer die ›Schufa‹ sein mag. Ich brauche es jedenfalls schnell.«

»Die Schutzgemeinschaft für allgemeine Kreditsicherung. Für die sind alle Konten aus Glas. Wann brauchst du's wirklich?«

»Heute noch.«

Trautner seufzte in die Leitung. »Hör mal...«

»Ihr habt doch diese grauen Maschinen.«

Das nächste Seufzen klang nicht aufmüpfiger als ein engagierter Sänger nach dem ersten Hit. »Schon gut. Ich rufe dich zurück.«

»Danke. Du hast was bei mir gut.«

»Ja, ja«, sagte Trautner und hängte ein. Störmer erhob sich aus dem Holzstuhl und wanderte zu Doris hinüber. Sie saß hinter ihrem Schreibtisch und hielt sich die Wange.

»So schlimm wird's doch nicht sein«, sagte Störmer, während er den Mantel aufhängte.

»Doch«, sagte Doris.

Darauf fiel Störmer beim besten Willen keine Antwort mehr ein. Wenn Doris sich auf etwas festgelegt hatte, dann ließ sie sich kaum davon abbringen.

»Irgendwelche Anrufe?« fragte er statt dessen und fing sich einen beleidigten Blick ein.

»Herr Polzin«, sagte Doris. »Sie sollen zurückrufen.«

»Sonst noch was?«

»Ja. Die Karte von der HEW liegt auf Ihrem Tisch. Wir sollen anrufen und uns einen Termin geben lassen.«

Es störte Störmer weniger, daß sie nicht »von den HEW« sagte; in dieser Hinsicht war kaum ein Hamburger exakt –, aber daß er sich auch noch um die Zählerablesung kümmern sollte, während seine Sekretärin beim Yoga über Matten rutschte oder sich Weisheitszähne aus dem Unterkiefer rupfen ließ, ging doch etwas zu weit.

»Ich behalte Sie nicht, um selbst zu telefonieren. Suchen Sie sich einen Termin aus.«

»Die Überweisung für den letzten Monat ist noch immer nicht da.« Doris' Stimme schnappte über wie ein Lottogewinner. Um Streitigkeiten wegen dieses Themas den Wind aus den immer vollen Segeln zu nehmen, zog Störmer seine Brieftasche aus der Jacke und legte zwei der Fünfhunderter vor Doris auf die Schreibtischplatte.

»Vorschuß«, sagte er. »Stellen Sie unserer Buchhaltung eine Quittung aus und sehen Sie zu, daß Sie Polzin erreichen. Versuchen Sie's erst mal bei ihm zu Hause.«

Er ließ sie staunend hinter den beiden rotbraunen Scheinen sitzen, ging zurück in sein Büro und schloß die Glastür hinter sich. Draußen im Vorzimmer hörte er Doris aus ihrer kurzen Trance erwachen und geräuschvoll nach dem Telefon greifen. Er bat sie nicht oft, für ihn zu wählen, aber in diesem Fall erschien es ihm geraten, Polzin mit einer Sekretärin zu beeindrucken.

Als er den Hörer nach dem ersten Klingeln abnahm

wußte er, daß Polzin nicht der Typ war, der sich beeindrucken ließ.

»Und?« fragte er, ohne wegen der Vorzimmerdame seines Angestellten in Jubelschreie auszubrechen. »Was haben Sie, Störmer?«

»Nichts, was für eine Hinrichtung ausreichen würde. Ist Ihnen noch was eingefallen?«

»Nein. Was soll die Frage?«

»Ich dachte, wir telefonieren nur, falls ...«

»Also haben Sie noch nichts?« unterbrach Polzin ihn. Störmer ließ den Ballen der linken Hand zweimal gegen die Schreibtischkante fallen, bevor er antwortete.

»Nicht viel. Hansen scheint in finanziellen Schwierigkeiten zu stecken. Ich habe eine Ex-Sekretärin von ihm gefunden, die mir hoffentlich noch etwas mehr erzählt, wenn mir die richtigen Fragen einfallen.«

»Mehr nicht?« Polzin gab sich keine Mühe, seine Enttäuschung zu verbergen.

»Was erwarten Sie? Ein gesetztes und gebundenes Geständnis von Hansen?«

»Lassen Sie die Sprüche, Störmer. Ich habe Sie nicht als schlechten Komiker engagiert.«

Störmer kramte eine seiner Zigaretten aus der Schachtel und riß ein Streichholz an der Schreibtischplatte an. »Ich weiß. Und ich bin sicher, daß ich bald noch etwas mehr weiß.«

»Wie?«

»Ich bin nicht gut im Mutmaßen. Lassen Sie mir ein bißchen Zeit zum Nachdenken.«

Polzin seufzte in die Leitung und wurde für seine Verhältnisse fast höflich. »Gut. Tut mir leid, Störmer. Ich bin es nicht gewohnt, in dieser Form auf die Arbeit anderer angewiesen zu sein. Leider kann ich das nicht selbst machen ...«

Irgendwo in Polzins Nähe stürzte etwas zu Boden. Er schwieg und kam aus dem guten Rhythmus.

»Keine Sorge«, sagte Störmer. »Stürmt es bei Ihnen oder haben Sie Mäuse?«

Polzin überhörte die Frage gnädig. »Rufen Sie mich an?«

»Sicher. Spätestens morgen früh. Ich fahre nachher noch mal los und befrage diese Frau. Vielleicht bin ich dann schlauer.«

»Hoffentlich. Haben Sie mit Hansen gesprochen?«

»Ja.«

»Und? Was halten Sie von ihm?«

»Es bringt mich nicht weiter, etwas von Leuten zu halten. Es gibt Massenmörder, die wie der Papst persönlich aussehen.«

Polzin gab sich mit der Antwort zufrieden, ohne zufrieden zu sein. Nachdem er aufgelegt hatte, lehnte Störmer sich in dem knarrenden Holzstuhl zurück, um die rissige Decke anzustarren. Es gab keinen vernünftigen Grund, Polzin nichts von dem Ohrring zu erzählen. Und es war nicht die feine Hamburger Art, einem Auftraggeber genau die Informationen vorzuenthalten, für die er teuer bezahlte – nur, weil man ihn vielleicht nicht liebte wie die morgendlichen Brötchen. Es war auch keine besonders gute Entschuldigung, daß Störmer die wenig auskunftsfreudige Autorinnenwohnung und das von Frauenspuren gesäuberte Haus am Meer nicht gefielen. Als das Telefon klingelte, wußte er noch immer nicht genau, was er sich eigentlich dabei dachte. Trautner seufzte vom anderen Ende in die Leitung.

»So, hör zu, Karl-Heinz. Der Pegasus-Verlag ist hochverschuldet. Die Rückzahlung zweier Kredite wird in den nächsten Monaten fällig, und kurzfristige Verbindlichkeiten sind auch reichlich da. Keine Kapitaldecke, mit der man durch den Winter kommt.«

»Und Hansen?«

»Auch nicht wesentlich besser. Hat gerade wieder mal eine Umschuldung hinter sich. Kein Mann, dem ich Geld leihen würde, nicht mal bei unseren Zinsbedingungen.« Er schien das für lustig zu halten. »Woran arbeitest du denn gerade? Versicherungsbetrug?«

»So ähnlich.«

»Kompalla hat mich nämlich bei der Abfrage erwischt. Kompalla, weißt du?«

»Nein, weiß ich nicht.«

»Unser Abteilungs-Direktor. Frag mich nicht, warum, aber der wußte noch, daß bei diesem Verlag...« Er blätterte, um den Namen richtig auszusprechen. »Pegasus... vor zwei Jahren oder so schon mal eine Versicherungsgeschichte gelaufen ist. Was genau, wußte er auch nicht, und ich wollte nicht nachhaken, weil Kompalla eben Abteilungsleiter ist. Du weißt ja, wie das ist...«

»Nein, woher?«

Trautner lachte. »Auch wieder wahr. Jedenfalls könnte das doch eine gute Spur sein, wenn jetzt wieder was mit Versicherungen läuft, meinst du nicht?«

»Willst du dich als Assistent bei mir bewerben?«

»Gott bewahre. Ich möchte doch wissen, von was ich im nächsten Monat leben soll.«

»Ich hab dir keinen Job angeboten.«

»So erspart man sich Enttäuschungen. Noch Fragen?«

»Nein. Du hast mir sehr geholfen. Danke.«

»Was tut man nicht alles für einen alten Freund.«

»Ja. Grüß deine Frau.«

»Mach ich. Viel Erfolg.«

Störmer legte auf und dachte über frisch bezogene Betten in begrünten Vororten nach. Betten, in denen duftende Frauen mit frischen Dauerwellen lagen und ihre Männer erwarteten. Es brachte ihn nicht weiter, also beschäftigte er sich ein knappes Viertelstündchen mit einem Scotch, bevor er wieder hinaus in die Kälte marschierte, um Gudrun Gerstenmüller zum zweiten Mal an diesem Tag einen Besuch abzustatten. Vorher schickte er die Leidende hinter dem Vorzimmerschreibtisch nach Hause und ging beim Portugiesen gegenüber essen. Ein verhungerter Privatdetektiv nützte niemandem. Vermutlich nicht mal den Eppendorfer Medizinstudenten.

14.

Störmer mußte die Detlev-Bremer-Straße wieder minutenlang umkreisen, da ihm niemand einen Parkplatz freigehalten hatte. Nur wenige der Huren, Freier und Touristen trotzten der eisigen Abendkälte vor den Freudenhäusern der Stadt und wagten sich hinaus auf die Straße. Zwischen den verlorenen Menschen auf den Gehwegen und dem Spielbudenplatz blieb genügend Raum, um sogar ein ostdeutsches CDU-Publikum aufzubauen, und die breiten Rausschmeißer vor den Clubs traten von einem Fuß auf den anderen, um sich das Eis aus den Knochen zu schütteln. Bei diesem Wetter konnte es kein besonderer Spaß sein, hier zu arbeiten. Aber das war es vermutlich nie.

Als Störmer zum dritten Mal das Haus in der Detlev-Bremer-Straße erreichte, leuchteten die Bremslichter eines davor parkenden, weißen Mercedes auf. Störmer bremste und setzte zurück. Die Begeisterung seines Hintermannes hielt sich in Grenzen, vor allem, weil der Mercedes nicht aus der Parklücke kroch. Störmer drückte auf die Hupe und wartete. Statt eilig aufzubrechen, öffnete der Fahrer des Mercedes die Tür und stieg aus. Ein häßlicher Pitbull kugelte über den Fahrersitz und stellte sich neben seinem

Herrchen auf wie ein mutierter Kleinfußballer. Störmer winkte dem Luden und seiner tierischen Mißgeburt entschuldigend zu. Streit mit einem bewaffneten Mädchenhändler war genau das, was er jetzt noch brauchte. Der Langhaarige mit dem geschorenen Hund nahm die Entschuldigung der eisigen Kälte wegen überraschend schnell an, bestieg seinen Wagen routiniert und ließ Störmer knappe zwei Minuten warten, bevor er Platz machte und in die Nacht verschwand.

Störmer zog den Zündschlüssel ab, sah, daß in der Wohnung über dem Imbiß schwaches Licht gegen die Wände flackerte und betrat das Haus. Niemand hatte die Fahrräder aus dem Weg geräumt, aber den Geräuschen aus der Gudrun Gerstenmüllers gegenüberliegenden Wohnung nach zu urteilen, schien sich die türkische Familie gerade über dieses Thema in die Haare geraten zu sein. Störmer klopfte an die weiße, schäbige Tür und wartete. In der Wohnung regte sich nichts, und bis auf den orientalischen Geräuschteppich im Hintergrund blieb es still. Störmer versuchte es erneut, diesmal so laut, daß der Lärm nebenan kurz verstummte, um dann um so heftiger wieder loszubranden. Die heruntergekommene Schönheit konnte zwar theoretisch lediglich um die nächste Häuserecke verschwunden sein, um sich mit einer neuen Portion Küstennebel auszustatten, aber sogar in ihrem nicht ganz tadellosen Zustand hätte sie vermutlich keine flackernden Adventskerzen in der zugigen Wohnung brennen lassen.

Störmer holte das Nachschlüssel-Set heraus, vergewisserte sich, daß kein WGler die Treppen hinauf- oder hinunterschlurfte und probierte den ersten Schlüssel aus. Er stieß auf einen Widerstand, ging vor der Tür in die Knie und spähte durch das Schlüsselloch. In dieser Gegend war das so normal wie Nasenbohren. Von innen steckte ein Schlüssel in der Tür, also hatte Gudrun Gerstenmüller sich entweder versehentlich ausgesperrt oder war zu betrunken, um das Klopfen noch zuverlässig von dem Hämmern in ihren hochprozentigen Träumen trennen zu können. Störmer kramte in seiner Brieftasche, faltete eine der überflüssigen Benachrichtigungen des Finanzamtes auseinander und schob sie unter dem breiten Türspalt durch. Er scheuchte den Schlüssel aus seinem Bau, hörte die Haustür aufgehen, zog den Bogen vorsichtig zu sich herüber und konnte ihn gerade noch zurück in die Manteltasche befördern, bevor der Bärtige mit dem Palästinensertuch den ersten Treppenabsatz erreichte. Störmer erwiderte den etwas krummen Blick des Aushilfs-Arafat und beförderte den Schlüssel von der richtigen Seite aus ins Schlüsselloch. Der Bärtige nickte ihm zu, sagte: »Willst zur Gudrun, wa?«, und Störmer nickte zurück.

»Dufte Frau«, sagte der Bartträger.

»Ja. Große Klasse«, sagte Störmer.

Mehr schien dazu nicht zu sagen zu sein. Der Pseudopalästinenser schlurfte mit einem freundlichen, aber trotzdem nicht echten Lächeln nach oben weiter, und Störmer drückte die Tür auf. Er schloß sie hinter sich wieder und hatte nicht viel Zeit zu bemerken, daß die Ex-Sekretärin den Flur aufgeräumt hatte. Auf dem abgewetzten Wohnzimmerteppich lagen eine Flasche Küstennebel und eine nach oben gedrehte Frauenhand. Der Fernseher zeigte bunte Bilder ohne Ton und ergänzte das Flackern einer unsichtbaren Kerze. Störmer wanderte durch den Flur bis zum Türrahmen. Sie lag auf dem Rücken, hatte die Beine seitlich angezogen wie ein kleines Kind und den rechten Arm, den Störmer von der Tür aus gesehen hatte, über den Kopf ausgestreckt. Sie erreichte die Flasche nicht mehr, und nichts erreichte sie mehr. Ihr Mund stand halb offen, als bemühe sie sich ein letztes Mal, lasziv auszusehen, aber der säuerliche Ausdruck und die blutleeren Lippen sabotierten den Versuch. Störmer stieß mit dem Fuß an ein Röhrchen, in dem die Schlaftabletten gesteckt haben mußten, bevor die aufgedunsene Frau sie zweckentfremdet hatte.

Er kniete sich hin und befühlte die Fingerspitzen. Sie mußte schon einige Zeit so unbequem gelegen haben, und niemand hatte ihr den Gefallen getan, sie bequemer zu betten.

Störmer sah sich in dem schäbigen Wohnzimmer um. Es wirkte jetzt aufgeräumter als am Morgen, obwohl es immer noch große Ähnlichkeit mit einem Müllberg hatte. Einige der Bücher, die noch am Morgen ungeordnet und aufgeschlagen in den Ecken gelegen hatten, bildeten jetzt einen leidlich geordneten Turm neben dem Fernseher. Oben auf dem Stapel lag ein dünner, trotz der allgemeinen Unordnung nicht zu übersehender Stoß handbeschriebenen Papiers, den Störmer vorsichtig durchblätterte. Es waren Briefe. Briefe von Toten sind in der Regel genauso interessant wie Briefe von Lebenden, aber diese machten eine Ausnahme. Die mit einem Datum versehenen waren älter als zwei Jahre, auf weißem Wasserzeichenpapier geschrieben und jeweils mit »Bernhard« oder »Benny« unterzeichnet. Inhaltlich war keiner wesentlich origineller als ein deutscher Schlager, auch wenn einige besser formuliert waren. Störmer steckte die Briefe ein und betrachtete die Buchrücken des darunterliegenden Stapels. Er nahm diejenigen drei Exemplare vorsichtig heraus, auf denen das Pegasus-Emblem prangte und schlug das Vorsatzblatt des ersten Buches auf. Die in großen Buchstaben geschriebene Widmung bestätigte den Eindruck, den die Briefe erweckt hatten, und die beiden anderen Bücher ließen ihn nicht wieder einschlafen. Was fehlte, war der Abschiedsbrief. Störmer fand ihn nach kurzem Suchen auf dem Wäschekorb im unordentlichen Badezimmer der Wohnung. Ob sie ihn dort geschrieben oder nur mit ihm durch die Zimmer gewandert war, nachdem sie die Tabletten für den großen Schlaf geschluckt hatte, konnte sie niemandem mehr erzählen, aber dank den wackligen Zeilen, die Störmer in der Hand hielt, stand fest, wen sie für den Medikamentenmißbrauch verantwortlich machte. Deutlicher als Gudrun Gerstenmüller konnte man niemandem in einem Satz die Schuld am eigenen Tod in die Schuhe schieben. Störmer steckte auch den Brief ein und wanderte zurück ins Wohnzimmer. Er blieb vor dem großen Schrank stehen, öffnete vorsichtig die Türen und zog das braune Heft mit den Kontoauszügen der BfG heraus. Er blätterte die unregelmäßig abgelegten Blätter durch und fand zwei regelmäßige Eingänge am Monatsanfang. Beide waren dürftig, aber zusammen reichten sie vermutlich gerade aus, um besser als ein Hund leben zu können. Die erste Dauerzahlung kam von der Stadt, während die zweite grundsätzlich unkommentiert auf den Auszügen auftauchte. Störmer stellte das Heft zurück, schloß die Türen und verließ die Wohnung wieder. Er überquerte den Flur, ohne die Tür hinter sich ins Schloß zu ziehen, und klopfte bei der geräuschvollen Nachbarsfamilie. Ein kurzgewachsener Türke öffnete und sah ihn mißtrauisch an.

»Was denn?«

»Kann ich mal Ihr Telefon benutzen?«

»Wieso Telefon?«

»Weil da drüben eine Tote liegt und ich ein ordentlicher Mensch bin.«

Der kleine Türke zuckte zusammen und sah an Störmer vorbei auf die halboffene Tür der gegenüberliegenden Wohnung.

»Tote? Frau tot?«

»Ja.«

Er brüllte etwas Unverständliches nach hinten und ließ Störmer eintreten. Nachdem er ihm das Telefon in die

Hand gedrückt hatte, verschwand er in seinem bunten Wohnzimmer und klärte die Familie gestenreich auf. Allgemeines Bedecken der Münder und Augen mit kleinen oder großen braunen Händen war die Folge. Wenigstens empfanden sie noch etwas. Störmer wählte den Notruf. Er mußte nicht lange warten.

»Mein Name ist Störmer«, sagte er ruhig. »Eine Frau hat sich das Leben genommen. Detlev-Bremer-Straße 49, im ersten Stock. Über dem Griechen.«

»Es ist gleich jemand da. Bleiben Sie bitte dort.«

Störmer legte wieder auf und ging zurück nach nebenan. Er hatte kaum auf dem Sofa Platz genommen und die bunten Bilder von smarten Bullen, die komplizierte Fälle grundsätzlich in weniger als fünfundvierzig Minuten lösten, auf sich wirken lassen, als Schritte über die Flurtreppen polterten und die Tür der Wohnung aufgestoßen wurde. Kurz darauf standen ihm zwei Polizisten gegenüber, die angesichts toter Menschen nicht mehr in Ohnmacht fielen oder wenigstens gähnten. Es war einfach die falsche Gegend, wenn man auf derartige Gefühlsregungen aus war. Der dünnere der beiden Streifenoliven trug eines dieser schmalen Bärtchen, mit denen nicht nur Polizisten bescheuerter wirken als Männer in Röcken. Störmer stand auf.

»Wer sind Sie?« fragte der Olive.

»Störmer. Privatdetektiv.«

»Na toll. Was machen Sie hier?«

»Alte Freundinnen besuchen und die Polizei rufen.«

»Haben Sie etwas angefaßt?«

»Nein.«

»Nicht mal das Telefon?«

»Nein. Das ist genauso tot wie seine Besitzerin.«

Der Olive sah ihn mißtrauisch an. Er schaltete schnell.

»Woher wissen Sie das, wenn Sie es nicht angefaßt haben?«

Sein Kollege wickelte das Tablettenröhrchen in Zellophan und schien sich nicht für das Gespräch zu interessieren.

»Ich hab hier schon mal angerufen«, sagte Störmer. »Wann sind eure Kollegen von der Mordkommission hier? Ich hab noch was vor.«

Der dünne Olive lachte nicht. »Sie sind hier nicht im Kino, Freundchen. Sie bleiben hier, bis wir wissen, was passiert ist.«

»Kann ich Ihnen sagen. Sie hat Schlaftabletten genommen und ist daran gestorben.«

»Sehr schlau, Meister. Sehr schlau.«

»Nichts zu danken. Kann ich jetzt gehen?«

Die Tür der Wohnung schlug wieder zu, bevor der Olive Störmer eine schlagfertige Antwort oder einen wortlosen Schlag verpassen konnte. Sekunden später war die heruntergekommene Wohnung von Spurensicherern und Polizisten in Zivil bevölkert, die sich gegenseitig auf die Füße traten und alles anfaßten.

Michaelis sah Störmer nachdenklich an, während um sie herum hektische Betriebsamkeit herrschte. Die blauen Augen, in die Störmer sah, wirkten noch stumpfer als sonst. Der desillusionierte Polizist seufzte tief und stützte die Hände in die Hüften.

»Das hier hat nicht zufällig was mit deinem Besenbinderfall zu tun, oder?«

»Nicht, daß ich wüßte.«

»Was hattest du hier zu suchen?«

»Sie hat früher für Hansen gearbeitet. Ich wollte ihr ein paar Fragen stellen.«

»Welcher Art?«

»Allgemeiner Art. Aber ihr Selbstmord hat nichts mit meinem Fall zu tun.«

Michaelis musterte Störmer sekundenlang, bevor er

ihn angewidert wegwinkte. »Sollte ich etwas anderes herausbekommen, brauchst du einen guten Anwalt.«

»Ich weiß«, sagte Störmer und ging.

Im Treppenhaus klebten Menschen am Geländer wie Trauben an einem Weinstock, als er die Wohnung verließ und nach unten in die Kälte marschierte. Die über die Fassaden leckenden Blaulichter der Streifenwagen halfen den Peepshow-Beleuchtungen beim Kundenfang, und der geschäftstüchtige Grieche nutzte die günstige Gelegenheit, um Spezialitäten aus seiner Heimat an die frierenden Schaulustigen zu verkaufen. Ein rundschädliger Kerl in einem alten Parka hielt Störmer am Unterarm fest, als er das Haus verließ.

»Was'n los da drin, Meister?« fragte er.

»Wird ein Tatort gedreht. Aber keiner hat den Drehplan richtig begriffen.«

Der Parkaträger dachte darüber nach. Er war noch nicht zu einem Ergebnis gekommen, als Störmer seinen Wagen aus der Parklücke beförderte und sich von der Dunkelheit verschlucken ließ.

15.

Es hatte fast behutsam zu schneien begonnen, als Störmer zehn Minuten später über die ölverschmierten Stufen des zweckentfremdeten Lagerhauses am Schulterblatt zu Hansens Wohnung hinaufwanderte. Diesmal würde es keinen zaghaften Abtausch von Unhöflichkeiten geben; Hansen log wie Unbedenklichkeitserklärungen für Grünkohl aus Stade, und Störmer hatte nicht vor, sich weiter von allen Seiten lächelnd auf den Arm nehmen zu lassen.

Als der Verleger die Tür öffnete und Störmer sah, schien

er sekundenlang zu überlegen, wie man Vertreter und andere Nervensägen in der Regel wieder los wird, bevor er sich für die höfliche Tour entschied. Sie paßte auch am besten zu der sanften Musik, die im Hintergrund durch den Raum schwebte.

»Herr Störmer. Was kann ich diesmal für Sie tun?«

»Mir ein paar Fragen beantworten.«

Hansen atmete entnervt aus. »Was für Fragen?«

»Wie war Ihr Verhältnis zu Gudrun Gerstenmüller, wie war Ihr Verhältnis zu Eva-Maria Besenbinder, was ist dran an der Information, daß Sie nächste Woche pleite sind? Solche Fragen.«

Nach kurzem Überlegen gab Hansen den Weg frei, und Störmer betrat die Wohnung. Die renovierte Lagerhalle war mindestens zwanzig Meter lang, knappe zehn Meter breit und verfügte über Akustikeigenschaften, bei denen jedem Opernsänger das Wasser auf den Stimmbändern zusammengelaufen wäre. In der von der Tür aus gesehen linken Ecke standen Sessel und Sofas auf Stahlrohrgestellen hinter flachen, mit Schallplatten vollgestopften Regalen. Neben der roten Telefonzelle hing ein farbiges Gemälde, mit dem man am Sonntag segeln gehen konnte. Der junge Wilde, der es verbrochen hatte, schien in einer Zwangsjacke malen gelernt zu haben. In der Innenwand steckten zwei weit voneinander entfernte Türen, die vermutlich zum Bade- und Schlafzimmer führten, und die Küche lag am entlegenen Ende der Halle, zum Hinterhof hin. Störmer folgte Hansen zu der Sitzgruppe, die sich um einen graugesprenkelten Couchtisch versammelt hatte, und nahm auf dem Sofa Platz. Der glasierte Steinfußboden unter seinen Füßen war nicht annähernd so kuschelig wie der Polzinsche Bodengrill.

Hansen drehte die Musik leiser, fing Störmers Blick nach der auf dem Tisch stehenden Whiskyflasche geschickt auf und fragte ihn, ob er etwas trinken wolle. Störmer nickte, und Hansen ging in die Küche, um Gläser und Eis zu holen. Das blonde Mädchen in dem lustigen T-Shirt schien nicht da zu sein, also war außer dem Whisky nichts in der Wohnung, an dem man sich wärmen konnte. Hansen kam zurück, stellte zwei mit zwei Eiswürfeln gefüllte Gläser auf den Tisch und setzte sich.

»Also, Herr Störmer«, sagte er, während er den bernsteinfarbenen Scotch über die knackenden Eiswürfel goß. »Fragen Sie, wenn Sie nicht anders können.«

»Wie war Ihr Verhältnis zu Gudrun Gerstenmüller?«

»Woher kennen Sie Gudrun?« fragte Hansen zurück, statt zu antworten.

»Ich kannte sie. Ein Autor, den Sie mal über den Tisch gezogen haben, hat mir von ihr erzählt.«

Hansen bemerkte die Vergangenheitsform und ging nicht auf den Vorwurf ein.

»Was heißt, Sie kannten sie?« fragte er und nahm eine Marlboro aus der Schachtel auf dem Tisch.

»Sie ist tot. Das heißt es.«

Für einen Moment versuchte Hansen, den Londoner Wachsfiguren Konkurrenz zu machen. Sein sonnenverbranntes Gesicht machte ihm einen Strich durch die Rechnung. Er ließ die Zigarette wieder sinken, ohne sie anzuzünden.

»Wie ist das passiert? Wann?«

»Schlaftabletten. Heute.«

»Mein Gott.«

»Wie gut kannten Sie Frau Gerstenmüller?«

Hansen zündete die Zigarette an und nahm einen tiefen Zug. »Wie man seine Angestellten halt kennt. Sie hat für mich gearbeitet, aber das ist schon ... mehr als zwei Jahre her.«

»Warum haben Sie sich von ihr getrennt?«

»Ach«, seufzte er und griff nach seinem Glas. »Es gab da einige Ungereimtheiten in der Buchführung und Probleme wegen eines Brandfalles. Sie hat sich da nicht sehr klug verhalten, und außerdem fing sie zu der Zeit an zu trinken. Sie war einfach nicht mehr tragbar für den Verlag.«

Es war eine zu schöne Geschichte, so daß sich ein Herumredigieren verbot. Trotzdem zog Störmer das dünne Bündel Briefe aus der Innentasche des Mantels und warf sie vor Hansen auf den flachen Couchtisch. Er ließ sie ein bißchen wirken, bevor er wieder sprach.

»Schreiben Sie all Ihren Sekretärinnen Liebesbriefe?«

Hansen schwieg und blätterte. Dann sah er Störmer an.

»Nein. Nur hat das nichts mit ihrem Tod zu tun. Das ist schon lange vorbei.«

»Ungefähr zwei Jahre.«

Hansen nickte. Er nahm einen tiefen Zug und massierte sich mit der linken Hand den Nacken. »Mein Gott. Grauenhaft. Hat die Polizei das gesehen?«

»Noch nicht.«

»Furchtbar.« Er schien mehr mit sich selbst zu sprechen, aber sein Gegenüber konnte es nicht überhören. »Warum tut ein Mensch so etwas?«

»Ich bin kein guter Redner«, sagte Störmer und zog den Abschiedsbrief aus der Tasche. Er legte ihn auf den Briefstapel. »Erklären Sie mir das mal?«

Hansen las die kurze Anschuldigung zweimal durch, bevor er sich zurücksinken ließ. Er rieb sich die Nasenwurzel und die geschlossenen Augen mit Daumen und Zeigefinger. »Das kann ich nicht«, sagte er schließlich. »Ich verstehe es nicht.«

Störmer nickte und probierte den Whisky. »Na schön. Versuchen wir es mal anders. Der Pegasus-Verlag ist so gut wie pleite. Oder wäre pleite, wenn dieser warme Regen nicht bevorstünde, den Ihnen das Besenbinder-Buch beschert.«

»Wer sagt, daß wir pleite sind? Ihr Freund und Auftraggeber Polzin?«

»Polzin hat damit nichts zu tun. Und meine Freunde suche ich mir etwas genauer aus. Gehen wir mal davon aus, daß ich eine Menge krummer Vögel kenne, die den ganzen Tag lang fröhlich schnattern.«

»Wir sind nicht pleite«, sagte Hansen kopfschüttelnd. »Wir haben gewisse finanzielle Schwierigkeiten, aber nichts, was uns Sorgen bereitet...«

»Ich will Ihren Verlag nicht kaufen, Herr Hansen. Wenn diese zwei Kredite fällig werden, sind Sie erledigt. Ihnen konnte also wirklich nichts Besseres passieren, als ganz und gar zufällig einen Bestseller zu erben.«

Hansen sah Störmer an, als wolle er zubeißen. Die ärgerlichen Falten unter den Augen machten ihn nicht interessanter.

»Was wollen Sie denn damit sagen, Störmer? Daß ich etwas mit Evas Tod zu tun habe?«

»Ich will gar nichts sagen. Das überlasse ich Ihnen.«

»Jetzt hören Sie mal gut zu. Ich lasse mir nicht von Ihnen anhängen, daß ich etwas damit zu tun habe. Das ist lächerlich.«

Störmer winkte ab. »Werden wir sehen. Sie kannten den Wortlaut des Testaments nicht?«

»Nein.«

»Und Sie wissen auch nicht zufällig, welche Zigarettenmarke Eva geraucht hat?«

»Nein«, sagte Hansen ärgerlich. »Was soll denn das jetzt?«

»Hätte ja sein können. Beseitigen Sie eigentlich grundsätzlich alle Spuren von Frauen, wenn Sie Ihre Hütte verlassen?«

»Was?«

»Soll ich es wiederholen?«

Hansen sah Störmer an wie ein zurückgebliebenes Huhn den Schlachter. »Nein«, sagte er. »Woher wissen Sie...?«

»Ich war da. Nettes Fleckchen. Wär mir aber zu einsam.«

»Sie... sind in mein Haus eingestiegen?«

»War ja niemand da, der mich reinlassen konnte. Aber keine Sorge. Ich stehle Leuten die Zeit, nicht das Porzellan.«

Hansen runzelte die Stirn und stellte das Whiskyglas etwas zu heftig auf den Tisch zurück. »Sie sind unglaublich, Mann. Stört es Sie nicht, wenn ich Sie anzeige?«

»Doch.« Störmer griff in die Außentasche seines Jacketts und zauberte den goldenen Götterboten hervor. Er hielt ihn so, daß Hansen ihn gut sehen konnte. »Aber erklären Sie denen auch gleich, wie das in Ihrem Häuschen gelandet ist.«

Die Reaktion des Verlegers fiel anders aus, als Störmer erwartet hatte. Er kippte nicht vor Schreck vom Stuhl und zeigte auch sonst keine Anzeichen von Panik. Das war etwas zu wenig für jemanden, der sich solche Umstände gemacht hatte und jetzt all seine schönen Pläne kaputtgehen sah. Störmers Theorie bekam einige spröde Sprünge.

»Und?« sagte Hansen. »Was soll das?«

»Dieser kleine Mann steckte zwischen den Polstern Ihres Sofas.«

»Von mir aus. Wird man heute dafür erschossen, daß man Ohrringe im Sofa lagert?«

»Ich glaube nicht, daß Sie Witze machen sollten«, sagte Störmer und steckte den Ohrring wieder ein. »Dieser Ohrring hat nicht irgendeiner Ihrer Freundinnen gehört, sondern Eva-Maria Besenbinder. Sie war also dort.«

Hansen dachte darüber nach. Störmer half ihm auf die

Sprünge. »Sie hatten ein Motiv. Und Sie lügen wie die Springerpresse, sobald Sie den Mund aufmachen. Ich weiß nicht, warum, aber ich könnte einen Grund finden, wenn ich nachdenke. Wann Sie die Gelegenheit hatten, weiß ich noch nicht.«

Er ließ es so stehen. Hansen hatte ohnehin genug gehört, um sich den Rest denken zu können und richtig wütend zu werden. Der Verleger stand auf und ballte die Hände, ohne sie zu erheben. »Sehr clever, Störmer«, sagte er leise. »Was sind Sie? Einer, der Beweise beschafft, wenn man ihn gut bezahlt? Und wenn keine da sind, machen Sie sie selbst? Sagen Sie Ihrem Chef, daß es nicht funktioniert. Er hängt mir keinen Mord an. Und Sie auch nicht.« Er wurde wieder ruhiger. »Hauen Sie ab«, sagte er. »Und richten Sie ihm das aus.«

Störmer nickte, erhob sich und wanderte los. »Ich glaube, Sie sollten über die Geschichte nachdenken. Vielleicht fällt Ihnen ja noch ein, daß Sie Frau Besenbinder doch kannten. In dem Fall rufen Sie mich an.« Sie hatten jetzt die Tür erreicht. Störmer sah lächelnd nach oben. »Meine Karte haben Sie ja.«

Hansen öffnete die Metalltür. »Verschwinden Sie.«

Störmer ging. Er hatte sowieso nichts Besseres vorgehabt.

16.

Als er seine Wohnung im dritten Stock des Hauses in der Ditmar-Koel-Straße betrat, begrüßte sie ihn mit einer Welle kalter, abgestandener Luft. Wenn andere Männer ihre Wohnungen betraten, wehte ihnen der Geruch von gebratenem Fleisch und sauberen Frauenhälsen entgegen, an denen sie ihr berufliches Leid klagen konnten. Sie hatten brave Gefährtinnen, die sie an weiche Körper zogen und trösteten, bevor der abendliche Ehekrach um das Haushaltsgeld oder Sohnemanns Mofa entbrannte und dem Haussegen eine Ahnung von Pisa verlieh.

Störmer verdrehte den schwarzen Schalter neben der Wohnungstür, und eine nackte Glühbirne warf Licht auf die abgewetzten Schwellen des Flurs. Er hängte seinen Mantel an die Heizung, drehte das neumodische Thermostatventil nach links und ging ins Wohnzimmer. Nur ein Makler wäre auf die Idee gekommen, das zugige Loch unter dem Dach als pittoresk zu bezeichnen, aber Störmer mochte es. An der linken Wand des zur Straße gelegenen Wohnzimmers türmten sich zerlesene Taschenbücher, an die sich ein abgestoßener Schachkasten lehnte, als suche er Trost. Rechts, vor dem größeren Fenster stand das schmale Bett, das bis vor wenigen Wochen das Büro im ersten Stock wie ein Möbellager hatte wirken lassen. Außer dem Stuhl vor dem anderen, kleineren Fenster und dem großen, fast leeren Kleiderschrank an der Türseite des Zimmers war es das einzige Möbelstück in der Wohnung. Alles andere war unten geblieben, dort, wo Störmer die meiste Zeit des Tages und der Nacht verbrachte. Er ging hinüber zum Fenster, stützte sich auf die Fensterbank und sah hinaus auf den glitzernden Platz zwischen den Häuserblocks. Um die flach auf dem Platz kauernde Tankstelle standen gierige Bulldozer, die nur auf das nächste Morgengrauen warteten, um die Spritstation dem Erdboden gleichzumachen. Störmer zog die beinahe leere Packung Luckies aus der Brusttasche und suchte nach einem Feuerzeug. Das orangene Präsent des Aussiedlers weigerte sich standhaft zu arbeiten, also marschierte Störmer in die Küche, suchte nach Streichhölzern, fand keine, zündete eine der Flammen des Gasofens mit dem Zündgerät an und gab sich Feuer.

Das Schicksal mochte manchmal ziemlich clever sein, aber Störmer war cleverer. Er ging wieder zurück ins Wohnzimmer, zog die Schuhe aus, plazierte die restlichen Klamotten und den Hut auf den Stuhl und legte sich auf das schmale Bett. Er lehnte sich nach rechts, griff nach dem schwarzglänzenden Buch auf den Dielen und betrachtete den Titel. Die ersten fünf Kapitel hatte der Meister noch persönlich verfaßt, bevor er der Schreibmaschine den Rükken gekehrt hatte, um einsam zu sterben. Den Rest hatte jemand zu ergänzen gewagt, und diese Tatsache und der hohe Preis waren eine schwere Hypothek. Störmer schlug das Buch in der Mitte auf, las einige Zeilen und versprach sich, gerecht zu urteilen. Es gelang ihm nicht, sich auf das Geschriebene zu konzentrieren, also legte er das Buch wieder weg, verschränkte die Arme hinter dem Kopf und starrte rauchend die gegenüberliegende Zimmerwand an.

Falls Bernhard Hansen beabsichtigte, den Preis des Vollidioten des Jahres zu gewinnen, würde er bei der derzeitigen Sachlage trotz eines immer wieder gefährlich originellen Kanzlers kaum mit ernsthafter Konkurrenz zu rechnen haben. Der Verleger hatte allerdings nicht so gewirkt, als sei sein Leben vor allem diesem Ziel gewidmet. Außer dieser Wirkung gab es nichts, das für Hansen sprach. Eva-Maria Besenbinder war bei ihm in dem Liebesnest an der Nordsee gewesen, und er hatte bestritten, sie näher gekannt zu haben als seinen Schlachtermeister. Er steckte in finanziellen Schwierigkeiten und bestritt auch das. Der Tod der nachlässigen Ex-Ex-Sekretärin paßte auf den ersten Blick nicht besser in das erschreckend simple Puzzle als ein Krokodil in einen Schuhkarton, aber auch das würde sich mit ein bißchen Phantasie finden lassen. Störmer bemühte seine Phantasie. Was, wenn sie etwas hätte ausplaudern können, das Hansen belastete? Etwas über die Gründe, die sie zum Austritt aus dem Verlag gezwungen hatten? Etwas über Hansens Beziehung zu der schnellen Autorin, die ihn so nett und überraschend mit dem Buch bedacht hatte. Was, wenn Hansen von den enttäuschten Schreibern im Literaturhaus gehört hatte, daß Störmer Gudrun Gerstenmüller gesucht hatte? Eine Frau wie sie überzeugend Selbstmord begehen zu lassen, hätte nicht einmal für einen Fußballer eine ernsthafte Herausforderung dargestellt. Es funktionierte, wenn man es so sehen wollte. Es war nur ein bißchen zu einfach; vielleicht nicht für ein Liebesdrama im zweiten Programm, aber für Hansen. Störmer zog sich die Decke über den Bauch und nahm das Buch wieder von den nackten Dielen. Er schlug die erste Seite auf und vertiefte sich in die Lektüre von »Poodle Springs«. Es war nicht »Lebwohl, mein Liebling«, aber es gefiel ihm, bis er einschlief.

17.

Als Doris am nächsten Morgen das Büro betrat und die Tüte mit den Brötchen auf den Aktenschrank neben dem Metallschrank im Vorzimmer warf, saß Störmer bereits frisch gekämmt und in eine Rasierwasserwolke gehüllt hinter seinem Schreibtisch. Er wählte die Nummer von Gröhls angeblicher Reparaturwerkstatt und ließ sich von Gröhls Frau einen Termin für den späten Vormittag geben. Es wunderte ihn nicht, daß sie noch nicht völlig ausgebucht waren.

Doris legte ihm die Brötchen und die ›Morgenpost‹ auf den Tisch, nachdem sie die Kaffeemaschine in Betrieb genommen hatte. Nach einem gemurmelten »Guten Morgen« war sie wieder draußen und warf einen Blick in die ›Bild-Zeitung‹. Störmer wunderte sich über den braunen

Rock, der sich mit den blauen Winterstiefeln biß wie ein debiler Boxer den Angorapullover, und blätterte die ›Morgenpost‹ durch. Dr. Otto Paulick war nicht mundtot zu kriegen, und nicht mal der ehrenwerte Hans Apel schaffte es, ihn unter den Tisch zu reden. Nur die Horoskope waren dümmer. Irgendein Sänger, von dem noch nie jemand gehört hatte, wurde hundertzwanzig, und Störmers Sterne oder deren Deuter schienen besoffen zu sein. *Zusammen mit Ihrem Partner können Sie die Ihnen zur Verfügung stehende Zeit nach Herzenslust genießen. Zusätzlich bringen liebe Gäste noch Freude ins Haus.* Das taten sie vermutlich nie, aber in diesem Fall mußte der Setzer die Spalten vertauscht haben. Störmer klappte die Zeitung zu, als Doris ihm seinen Kaffee auf den Tisch stellte.

»Kommen Sie voran?« fragte sie mitfühlend und biß in ihr halbes, mit Wurst belegtes Brötchen.

»Steht nicht viel drin«, sagte Störmer.

»Wie? Nein, mit dem Fall vom Herrn Polzin.«

Störmer lehnte sich im Stuhl zurück und sah Doris nachdenklich an.

»Setzen Sie sich«, sagte er schließlich.

»In den Klientenstuhl?«

»Von mir aus auch auf den Boden.«

Doris entschied sich ehrfürchtig für den Stuhl. Sie rutschte ein bißchen herum und fand sich dann mit der ungewohnten Sitzgelegenheit ab.

»Was würden Sie sagen«, begann Störmer. »Ein Mann hat Schulden. Er leitet einen Verlag, der nicht funktioniert. Was er braucht, ist Geld. Zufällig rast eine Autorin, die bis zum heutigen Tag noch nie bei ihm ein Buch veröffentlicht hat, gegen eine Leitplanke und ist so tot wie Cäsar.«

»Gott«, warf Doris ein.

»Und Kaiser«, sagte Störmer. »Zufällig vererbt sie ihm die Rechte an einem Manuskript, das ihm aus allen Schulden heraushelfen wird. Er bestreitet, davon gewußt zu haben. Zufällig hat dieser Mann ein Verhältnis mit der Frau – was er ebenfalls bestreitet –, und zufällig steht so gut wie fest, daß sie bei ihm an der Nordsee war. Von wo sie zufällig kam, als ihr Wagen fliegen, aber nicht landen gelernt hat. Eine andere Frau, die unseren Freund belasten kann, nimmt sich – diesmal ganz zufällig – das Leben, bevor sie mir etwas erzählen kann. Was meinen Sie?«

Störmer beugte sich nach vorn, nahm einen Schluck Kaffee, um sich den vom Reden trockenen Mund auszuspülen und sah Doris aufrichtig gespannt an. Sie überlegte. Es schien ihr zu helfen, dabei auf den Nagel des linken Daumens zu beißen, statt weiter Wurst von dem Mehrkornbrötchen zu knabbern.

»Das«, sagte sie schließlich und ließ den Daumen Daumen sein, »hört sich nach einem Film an, den ich vor ein paar Wochen gesehen habe.« Störmer lehnte sich wieder zurück, ohne Doris zu unterbrechen. »Oder wie war das?« fragte sie sich selbst. »Nein, das war anders. Da war es ein Mann, der einen anderen umbringen wollte ... oder wollte er seine Frau?« Sie lachte kurz auf und kehrte in die Welt zurück. »Ist ja auch egal. Jedenfalls war das so ähnlich.«

»Danke, Doris«, sagte Störmer und versuchte ein Sonntagslächeln.

Sie lächelte zurück. »Oh. Nichts zu danken. Was denken Sie denn?«

»Ich hätte es nicht schöner sagen können.«

»Oh«, sagte Doris noch einmal, diesmal ehrlich geschmeichelt. Schließlich stand sie wieder auf und wackelte zur Tür. Die Frage fiel ihr erst dort ein: »Wer ist denn diese Autorin eigentlich?«

»Eva-Maria Besenbinder.«

»Nein! Tatsächlich? Die, die ›Voss & Co‹ geschrieben hat? Tolles Buch. Vor allem der alte Voss, ach. Ja, die ist gestorben, das hab ich gelesen.« Störmer griff nach dem Telefon, um sich den Rest zu ersparen. Doris begriff den Wink mit dem Hörer und verschwand nach draußen.

Nach dem zehnten Klingeln hauchte eine Frauenstimme wie Samt ein zartes »Hallo« durch die Leitung. Da Störmer mit Polzins rauhem »Ja« gerechnet hatte, kam er kurz aus dem Konzept. Sie mußte noch einmal »Hallo« sagen, um ihn wieder auf den Boden zurückzuholen.

»Ja. Störmer. Ist Herr Polzin da?«

»Nein, der ist im Verlag«, sagte die Stimme.

»Sie wissen nicht zufällig, wann er wieder unter dieser Nummer zu erreichen ist?«

»Doch. Am späten Nachmittag.«

»Aha«, sagte Störmer und massierte seine Stirn. Es half. »Ich müßte ihm etwas vorbeibringen ... Ist heute nachmittag jemand da? Ich habe nämlich heute abend keine Zeit.« Die Ausrede war dünner als Alstereis im Sommer, aber das konnte die Besitzerin der reizenden Stimme nicht wissen.

»Ich bin hier«, sagte sie freundlich.

»Das ist schön. Wiedersehen.«

»Wiedersehen.« Sie legte auf. Störmer drückte den Hörer sanft auf die pechschwarze Gabel und nahm die Kaffeetasse in beide Hände. Vielleicht war sie diejenige gewesen, die am Vorabend Gegenstände in Polzins Wohnzimmer umgeworfen hatte. Vielleicht war sie keine Putzfrau. Und vielleicht machte es ihr nichts aus, einem Privatdetektiv etwas zu erzählen, wenn er schon mit leeren Händen bei ihr aufkreuzte. Was Störmer noch fehlte, waren die richtigen Fragen. Aber es gab Möglichkeiten, die herauszubekommen.

Nachdem er sich einen zweiten Kaffee geholt hatte, rief er den Strand-Verlag an und ließ sich von einem offenbar im Abwimmeln von Autoren geschulten Telefonfräulein mit Polzin verbinden. Der Chef des Verlages war sofort am Apparat.

»Ja. Polzin.«

»Störmer, Herr Polzin. Ich habe etwas.«

»Tatsächlich? Erzählen Sie.«

»Erstens hat dieser saubere Kleinverleger Hansen erhebliche Schulden, also kam ihm die Geschichte mit dem Voss-Buch gerade recht. Wichtiger ist aber, daß er ein Verhältnis mit Ihrer Lebensgefährtin hatte. Jedenfalls sieht es für mich so aus.«

Störmer lauschte in die Leitung. Polzin atmete tief. Falls seine Überraschung nicht echt war, hatte er lange an seinem Tonfall gearbeitet.

»Wie kommen Sie darauf?« fragte er. Ohne die Antwort abzuwarten, fügte er noch ein wie durch Kissen gesprochenes »Das kann nicht sein« hinzu. Störmer kratzte sich am Kopf und lehnte sich zurück. Er betrachtete seine Fingernägel und ließ Polzin Zeit zum Überdenken der Konsequenzen.

»Das hätte Eva nie getan, Störmer. Sie kannten sie nicht. Nein. Ausgeschlossen.«

»Ich habe ihren Ohrring, diesen Hermes, gefunden.«

»Wo?«

»In einem Wochenendhaus, das Hansen gehört.«

Polzin schien darüber nachzudenken. Er dachte lange nach. Dann schluckte er hörbar, und seine Stimme klang wieder so aggressiv wie gewohnt, auch wenn ein Ton wie englische Marmelade mitschwang. »Gut, Störmer. Wenden wir uns an die Polizei.«

»Noch nicht. Ich bin noch nicht fertig. Ein Ohrring ist ein bißchen zu dünn für eine Anklage. Daß er ein Verhältnis mit Ihrer Freundin hatte, beweist noch nicht, daß er sie umgebracht hat.«

»Natürlich tut es das«, sagte Polzin. Niemand wäre an seiner Stelle kühler oder logischer geblieben. Er tat Störmer fast leid. »Er hatte doch wohl ein Motiv.«

»Ein Motiv ist kein Beweis.«

»Hören Sie mal, Störmer...«

»Nein, hören Sie mir zu. Ich verstehe, daß Sie diese Nachricht aus der Fassung bringt, aber mich stört noch etwas anderes. Man muß schon dümmer als die Polizei sein, wenn man solche deutlichen Spuren hinterläßt. Und wenn Hansen tatsächlich so dumm ist, serviere ich ihn der Polizei auf einem hübschen Tablett. Falls er es nicht ist, können Sie immer noch mit Ihrem hauchdünnen Beweis vor Gericht ziehen.«

»Ich möchte den Ring zurückhaben«, sagte Polzin tonlos.

»Überlassen Sie ihn mir noch ein, zwei Tage. Ich möchte etwas ausprobieren.«

»Was? Hansen in die Falle zu locken?«

»Kann man so sagen.«

»Und wie?«

»Lassen Sie mich meinen Job alleine machen. Sie haben einen Detektiv engagiert, keinen Schwätzer.«

Polzin schien nicht zufrieden zu sein. Trotzdem hakte er nicht nach. Mit einem letzten Seufzer verabschiedete er sich und legte auf. Störmer legte ebenfalls auf und sah auf die Uhr. Es war halb elf, also blieb ihm ausreichend Zeit, um noch kurz bei Gröhl vorbeizuschneien, bevor der Tag in Arbeit ausartete.

Im Briefkasten steckten ein Saab-Prospekt mit freundlichen Grüßen der hämischen Gröhls, diverse Einladungen zu Butterfahrten mit rüstigen Rentnern und ein Brief von Michaelis. Störmer riß ihn im Flur auf und studierte die Liste. Sie hatten in dem verkohlten Porsche-Wrack Teile eines Taschenspiegels, eine Gaspistole, Kleingeld, einen silbernen Kamm und zwei runde, brillantbesetzte Ohrringe aus Platin gefunden. Der Rest war verbrannt, aber für diesen Rest interessierte sich Störmer ohnehin nicht.

18.

Nachdem Störmer der dicken Frau des Saab-Meisters den Prospekt zurückgegeben hatte und zu Gröhl in die Halle marschiert war, erklärte der ölige Riese ihm umständlich, der Scheibenwischer sei zwar zu ersetzen, nur bestimmt nicht in der nächsten halben Stunde, weil erst mal zwei andere Opfer auf der Liste stünden. Störmer ließ sich zähneknirschend ein Taxi rufen und von Gröhls kreuzworträtselnder Frau versichern, daß der Wagen um zwölf »garantiert« fertig sei.

Als er sich neben dem jugendlichen Fahrer mit den dunkelblonden Haaren auf den Beifahrersitz des gelben Klein-Benz sinken ließ, merkte er sofort, daß etwas faul war. Als sie das Ende der Ausfahrt erreichten, machte Störmer den Fehler, sein Ziel anzugeben, und stach damit ein schlechtrasiertes Faß an, das sich als Chauffeur verkleidet hatte.

»Pegasus? Zum Benny Hansen?«

»Ja«, sagte Störmer und kroch in den Sitz. Er sah aus dem Fenster. Es störte den Fahrer nicht.

»Machen gute Bücher. Schreiben Sie auch? Krimis oder so was?«

»Nein. Die Straße ist übrigens das Graue mit dem Strich.«

»Oh«, sagte der Fahrer und wich einem schwer mit Plastiktüten beladenen Muttchen aus, das unvorsichtigerweise am Straßenrand herumlungerte. Der Beinaheunfall schien ihn nur noch redseliger zu machen. »Ich arbeite nämlich gerade an einem Buch, wissen Sie. Und natürlich ist Pegasus der erste Verlag, der das Ding angeboten kriegt. Klar. Die sind nämlich spezialisiert auf so was. So ausgefallene Sachen ... aber das wissen Sie ja wahrscheinlich.«

Der Wagen hielt an einer Ampel. Da es draußen zu schneien begonnen hatte, stieg Störmer nicht aus.

»Ich mach das hier nur nebenbei«, sagte der Fahrer, »quasi als Feldforschung, wenn Sie so wollen. Eigentlich studiere ich Literaturwissenschaften, hier in Hamburg. Obwohl ich aus Düsseldorf komme.«

»Wie schön«, sagte Störmer so barsch, daß es sogar einem Tauben die Sprache verschlagen hätte.

»Wenn man den ganzen Tag so rumgurkt«, fuhr der Chauffeur fort, »erlebt man so allerhand, klar. Wie finden Sie den Titel ›Aufzeichnungen eines Taxifahrers‹? Bißchen viel Pathos, was? Ich find ja ›Fahrtenbuch‹ auch besser, wenn ich ehrlich bin. Titel sind ja das Wichtigste am Buch, letztlich, nich? Wenn der Titel nicht stimmt, liegen die Dinger wie Blei, können Sie sagen, was Sie wollen.«

Störmer sagte nichts.

»Und wenn Sie'n guten Titel haben, können Sie drin alles mögliche ... nä? Was Sie wollen. Die Leute kaufen's. ›Fahrtenbuch‹. Ist gut, glaube ich. Na, egal. Wird jedenfalls klasse. Sie können sich ja gar nicht vorstellen, was die Leute während der Fahrt so alles reden. Mannomann.«

Störmer schwieg die Windschutzscheibe an und versuchte es mit Telepathie. Es nützte nichts.

Als er fünf Minuten später vor dem Haus am Schulterblatt aus dem Wagen taumelte, hatte er das Kapitel Taxifahrten innerlich abgeschlossen. Der Fahrer hatte offenbar auch noch erwartet, für seine Ausführungen mit einem kleinen Trinkgeld bedacht zu werden, und ließ den Mercedes daher mit wütend quietschenden Reifen aus der Parkbucht abheben. Störmer sah ihm nach, schüttelte sich kurz den Wortschwall aus dem Kopf und betrat das Haus.

Die Halle im Erdgeschoß war genauso geschnitten wie Hansens im dritten Stock gelegene Wohnung, und als Störmer den großen, hohen Raum betrat, stand er in einem von verglasten Raumteilern abgetrennten Vorzimmer. Hinter einem weißen Schreibtisch saß eine dunkelhaarige Sekretärin mit unpassenderweise kornblumenblauen Augen und vertrat den Drachen vor der Höhle des Löwen. Sie hob den Kopf, betrachtete Störmer wie einen Witz über schwarzhaarige Frauen und vertippte sich. Störmer nickte ihr lächelnd zu.

»Zu Herrn Hansen, schöne Frau.«

Sie wandte sich ab, als habe Störmer seinen Mantel aufgerissen, und warf einen Blick durch die Glasscheiben. Störmer machte mit und entdeckte Hansen an einem unordentlichen Schreibtisch vor den schmutzigen Außenfenstern. Die Dunkelhaarige mit den blauen Augen machte sich wieder an die Arbeit, ohne dem Verlagsgast vorher einen Kaffee anzubieten oder wenigstens die Durchgangstür zu öffnen. Störmer schaffte es selbst und wanderte durch den Raum hinüber zu Hansens Schreibtisch. Dem Arbeitsplatz des Verlegers gegenüber stand ein weiterer, ebenfalls unaufgeräumter Schreibtisch, hinter dem zur Zeit niemand saß. Überall lagen Zeitungen und Zeitschriften zu hohen Stapeln aufgeschichtet, und der hintere Bereich der Verlagsräume diente als Lager für die vielen unverkäuflichen Bücher und Durchgangsstation für die verkäuflichen Kalender. Hansen bemerkte Störmer erst, als er vor dem Schreibtisch stehen blieb und nach einem der gefährlich hohen Papierstapel neben dem Verleger schielte. Er sah hoch, wirkte für einen kurzen Moment überrascht und wurde dann so freundlich wie ein Sommermorgen.

»Herr Störmer«, sagte er und wies mit der Hand auf den Stuhl vor dem Schreibtisch. »Setzen Sie sich doch.«

Störmer entfernte die Bücher von dem einfachen Stuhl und setzte sich. Hansen kritzelte etwas an den Rand der zuoberst liegenden Seite eines vor ihm liegenden Papierstoßes und legte dann Manuskript und Lesebrille beiseite. Danach wirkte er nicht mehr so bedrohlich intellektuell.

»Schön«, sagte er. »So habe ich endlich einen Grund,

dieses fürchterliche Ding wegzulegen. Möchten Sie einen Kaffee?«

»Gern.« Während Störmer seine Zigaretten herauskramte, rief Hansen nach seiner Sekretärin und bat sie um zwei Tassen Kaffee. Störmer mußte nicht hinsehen. Er konnte sich vorstellen, wie gern sie es für den Verlagsgast tat. Hansen stellte den Aschenbecher auf Störmers Seite des Tisches.

»Versuchen Sie, einen Preis für Freundlichkeit im Alltag zu gewinnen?« fragte Störmer und klopfte sich auf die Manteltaschen.

»Den würde ich wohl nach meinem Verhalten gestern abend nicht mehr bekommen.«

»Ihre Chancen steigen, wenn Sie mir Feuer geben.«

Hansen zog lächelnd die Schreibtischschublade auf und holte ein flaches, silbernes Feuerzeug heraus. Er schob es über den Tisch, und Störmer gab sich Feuer. Das noble Gerät legte er auf seine Zigarettenschachtel.

»Also. Wie kommt's, daß Sie so nett zu einem Beweisfälscher sind? Warum lassen Sie mich nicht von der Kleinen rauswerfen?«

»Es tut mir leid, was ich gestern gesagt habe. Das, was Sie mir erzählt haben, hat mich wohl ein bißchen mitgenommen.«

»Das heißt, Sie beantworten meine Fragen diesmal ehrlich.«

»Ja, heißt es.« Hansen seufzte. »Ich habe mir das Ganze durch den Kopf gehen lassen. So, wie es im Moment aussieht, stehe ich ja vermutlich ziemlich schlecht da, oder?« Störmer ließ es unkommentiert. »Also, ich gebe zu, daß wir große finanzielle Probleme haben. Das ist der erste Punkt. Dafür würde ich aber nie im Leben einen Menschen töten.« Er ließ eine Pause entstehen, um aus den Milchglasfenstern zu sehen. »Der zweite Punkt ist, daß ich ein... Verhältnis mit Eva hatte, und zwar seit langem. Es hätte großartig ausgesehen, wenn ich nach ihrem Tod damit hausieren gegangen wäre, finden Sie nicht?«

»Sie hätten sich nicht besser belasten können.«

»Sehen Sie.« Hansen nickte sich die Sorge von der Seele. Wenigstens durfte er glauben, daß ihn jemand verstand. Störmer verstand nur, daß Hansen seinen Kopf aus der Schlinge zu ziehen versuchte.

»Hinzu kommt«, fuhr der Verleger nach einer Pause fort, »daß Eva vor ihrem Unfall bei mir war. Wir hatten uns vier Wochen lang nicht gesehen, weil ich bei einem Freund in Portugal Urlaub gemacht habe, aber anschließend haben wir uns in Westerhever getroffen.« Das erklärte die Bräune, mehr nicht. Störmer drückte die Zigarette aus.

»Und dann haben Sie gleich die Vorderachse abgeschraubt, damit Sie die Flugtickets bezahlen können.«

»Nein. Habe ich nicht.«

»Gehen wir mal davon aus. Sie geben jetzt vermutlich auch noch zu, daß Sie von dem Testament wußten.«

Die Pause, die Hansen diesmal entstehen ließ, hätte zum Heranzüchten, Schlachten und Zubereiten einer Pekingente ausgereicht. Schließlich nickte er kaum merklich. »Ja«, sagte er. »Das wußte ich. Allerdings noch nicht lange. Eva hat erst vor einigen Monaten beschlossen, mir die Auswertung des Romans zu überlassen, und ihren letzten Willen ändern lassen.«

Störmer nickte. Er hatte schon Leute mit besseren Karten gesehen.

»Hatten Sie einen Schlüssel zu Evas Wohnung?«

»Nein.«

»Na schön. Wie erklären Sie sich den Götterboten im Sofa?«

»Diesen Ohrring, ja. Das verstehe ich ehrlich gesagt nicht. Obwohl ich mich frage, was das noch für eine Rolle spielen sollte.«

»Werden wir sehen. Machen Sie weiter.«

»Eva hatte einen Ohrringtick, deswegen wundert es mich. Ich hätte ihn bestimmt bemerkt...« Hansen winkte ab. »Sie hat ihn wahrscheinlich vorher dort verloren. Ich könnte weiß Gott nicht beschwören, daß sie ihn nie getragen hat. Also, was soll das?«

»Nächste Schlüsselfrage. Hatte sie einen für die Hütte?«

Hansen schüttelte den Kopf. »Nein. Sie war nie allein dort. Wozu auch?«

Störmer spürte den haßerfüllten Blick in seinem Rücken und drehte sich halb um. Die dunkelhaarige Sekretärin mit den blauen Augen verkniff sich den Spaß, ihm den Kaffee über den Trenchcoat zu gießen, und stellte die Tasse vor ihm auf den Tisch.

»Danke«, sagte Störmer so nett wie möglich. Das Lächeln, das er dafür bekam, war so breit und falsch wie eine Autobahn durch die Lüneburger Heide. Störmer nahm die Tasse und wandte sich wieder Hansen zu.

»Wird da oben eigentlich oft eingebrochen?«

»Manchmal, ja«, sagte Hansen. »Sie haben ja selbst gesehen, wie einfach es ist. Und im Winter treibt sich natürlich nicht mal ein Spaziergänger da draußen rum.«

»Deswegen haben Sie auch keine Wertgegenstände in der Hütte.«

»Richtig.«

»Hat Ihre Eva Tagebuch geführt?«

»Da bin ich überfragt. Ich nehme es an, ja.«

»Weshalb?« Störmer probierte den Kaffee. Er war mit wenig Liebe und noch weniger Pulver gekocht.

»Was, weshalb?« fragte Hansen. »Weshalb ich das annehme?«

Störmer nickte und schluckte.

»Ich weiß nicht«, sagte Hansen achselzuckend. »Die meisten der mir bekannten Schriftsteller führen Tagebuch oder machen sich persönliche Notizen. Ist das wichtig?«

»Nein.« Störmer schüttelte den Kopf. »Vermutlich nicht. Also reden wir über was anderes.« Er stellte die Tasse wieder neben den Aschenbecher. »Wußte Polzin, daß Sie und Eva die Köpfe an der Nordsee zusammenstekken?«

»Nein. Ganz bestimmt nicht. Er kann es nicht gewußt haben. Ich kenne Polzin schon seit Jahren ... ich habe früher sogar für ihn gearbeitet, aber das ist gottlob sehr lange her. Alexander Polzin ist nicht der Typ, der sich etwas wegnehmen läßt. Und er hat sehr klare Vorstellungen, was Treue und ähnliche Werte angeht. Jedenfalls, was andere betrifft. Bei sich nimmt er es nicht so genau, glaube ich, aber damit ist er schließlich nicht allein.« Hansen legte den Kopf in den Nacken und starrte die Decke an. »Wenn er gewußt hätte, daß Eva und ich zusammen waren, säße ich garantiert nicht mehr hier.«

»Was hätte er getan? Sie wutschnaubend in den nächsten Ausguß gedrückt?«

»Ich weiß es nicht. Aber daß er mich erwürgt hätte, kann ich mir nicht vorstellen. Sie kennen ihn vermutlich noch nicht so lange, Störmer, aber er ist nicht der Typ, der den Kopf verliert und jähzornig wird. Er hätte einen anderen Weg gefunden. Er ist groß genug, um den Pegasus-Verlag zu zerquetschen.«

»Schön. Da er das nicht getan hat, können wir also davon ausgehen, daß er nichts wußte. Jetzt weiß er es.«

»Haben Sie es ihm erzählt?«

»Ja. Immerhin bezahlt er mich dafür.«

»Mein Gott.« Hansen sackte langsam mit beiden Ellenbogen auf den Schreibtisch und ließ den Kopf hängen. Störmer fiel nichts Tröstendes ein, also trank er den Kaffee aus. Da ihm auch danach nichts einfiel, stand er auf und steckte Zigaretten und Feuerzeug ein. Hansen sah zu ihm hoch. Es war nicht viel Hoffnung in seinem unter der Bräune bleichen Gesicht, und er brauchte Zuspruch. Eigentlich war er da an den Falschen geraten, aber Störmer versuchte sich trotzdem als Seelsorger.

»Nehmen Sie den Kopf hoch, solange Sie noch können«, sagte er, und Hansen wurde noch etwas trauriger. Er hatte allen Grund. Störmer seufzte und machte auf dem Absatz kehrt. Bevor er den ersten Schritt in Richtung der giftigen Vorzimmerdame machte, drehte er sich noch einmal um.

»Sagen Sie mal, leben Sie eigentlich auch schuhtechnisch auf großem Fuß oder nur gesellschaftlich?«

»Was?« Hansen glotzte ihn verwirrt an, und Störmer warf einen Blick auf die Verlegersfüße unter dem Schreibtisch. Er trug diese zeitlosen Segelschuhe, die zu den winterlichen Straßen paßten wie Küchenschaben in ein Würstchenglas. Es war keine Kindergröße, aber klein genug.

»Ihre Schuhgröße«, sagte Störmer.

»Neununddreißig. Vierzig. Warum?«

»Ziemlich klein, bei Ihrer Körpergröße. Sind Sie bei japanischen Geishas aufgewachsen, oder ist das Vererbung?«

»Was hat denn das damit zu tun?«

Störmer hatte keine Lust, es ihm zu erklären: »Tragen Sie die Dinger häufig. Diese Schlappen?«

Hansen war jetzt vollkommen verwirrt. Daß sich der Schnüffler vor seinem Schreibtisch als Schuhfetischist entpuppte, war zuviel für seine Phantasie. Er schnappte nach Luft. »Nein. Ja. Was soll denn ...«

»Sie hören noch von mir«, sagte Störmer, legte den Zeigefinger an den Hut und marschierte aus der Halle. Er warf der Vorzimmerdame sein entzückendstes Lächeln zu, das sie mit einem verkniffenen Grinsen erwiderte, bat sie, ihm ein Taxi zu rufen und marschierte hinaus in die Kälte, bevor ihr ein Mordinstrument in die Hände fallen konnte.

Er war zu gut gelaunt, um sich ausgerechnet in diesem Moment von einer Briefwaage erschlagen zu lassen.

19.

Ob die neue Batterie, die Gröhl zum Sonderpreis von 178 Mark 95 inklusive Mehrwertsteuer hatte einbauen lassen, notwendig gewesen war, wußte Störmer nicht, aber besser lief der Saab durch die frische Energiequelle nicht. Der neue Scheibenwischer wirkte zwar noch etwas wacklig auf seinem dünnen Bein, funktionierte jedoch zufriedenstellend. Da es erst aufhörte zu schneien, als Störmer über den Neuländer Hauptdeich in Richtung Bullenhausen fuhr, stellte er erst dort fest, was Gröhl ihm zusätzlich kostenlos eingebaut hatte. Der vor ihm fahrende Wagen schmiß Dreck auf die Windschutzscheibe des Saab, die nach zweimaligem Wischen restlos grau und verschmiert war. Störmer drückte souverän auf den Schalter der Wischwasseranlage und verfluchte den öligen Meister. Vermutlich hatte er die Reparatur der Pumpe auch noch auf die Rechnung gesetzt.

Als er vor Polzins Schloßersatz am Elbufer aus dem Wagen stieg, war es halb zwei. Störmer klingelte am Tor und wartete. Der Setter erreichte die große Gartenpforte zuerst und sabberte sie erwartungsvoll an. Hinter ihm kam ein Mädchen, das Polzins Tochter hätte sein können, aus dem Haus gelaufen und öffnete das schwere Tor.

»Tag«, sagte Störmer. »Mein Name ist Störmer. Wir haben heute morgen telefoniert.«

Ihr fragendes Gesicht unter den kurzen, blonden Haaren hellte sich auf. »Ja«, sagte sie mit der Samtstimme, die Störmer schon aus dem Hörer kannte, und hielt ihm die nicht mit dem Setter beschäftigte rechte Hand entgegen. »Hallo. Silke Scheller. Wollen Sie reinkommen?«

Störmer nickte und folgte der Setterhüterin ins Haus. Er ließ Mantel und Hut, wo sie waren, und marschierte hinter der jungen Frau her über die Stufen hinunter auf den warmen Wohnzimmerboden. Das Mädchen trug keine Schuhe, glitt auf weißen Söckchen über die Fliesen bis zur noblen Sitzecke vor dem großen Ölgemälde und drehte die vor der Wand stehende Stereoanlage leiser. Störmer hätte stundenlang nach dem richtigen Knopf in der pechschwarzen Metallfassade suchen müsse. Sie schaffte es ohne hinzusehen mit links. Auf dem Ledersofa lag ein dickes, aufgeschlagenes Buch mit einem langen Titel, also konnte die junge Dame mit der samtenen Stimme offenbar zu allem Überfluß auch noch lesen. Sie drehte sich lächelnd um, und Störmer bewunderte ihre jugendliche Figur.

»Arbeiten Sie für Alexander?« fragte sie, und Störmer nickte. »Als Privatdetektiv?« Sie kam nicht mehr dazu, über ihren kleinen Scherz zu lachen, da Störmer wieder nickte. Es verblüffte sie erkennbar.

»Wirklich? Warum denn?«

»Um etwas über Eva-Maria Besenbinders Tod herauszufinden.«

Es schien sie zu interessieren. Sie nahm auf dem Sofa Platz und forderte ihn auf, sich zu setzen. »Was denn?« fragte sie, und Störmer fragte sich selbst, was er ihr erzählen sollte. Schließlich versuchte er es mit einem Schuß ins Dunkle.

»Wann das Verhältnis mit Bernhard Hansen angefangen hat und ob er etwas mit ihrem Tod zu tun hat.«

»Und? Hat er?«

Es war eine erstaunlich sachliche Frage für jemanden, der bis zu diesem Zeitpunkt nichts von dem Verhältnis gewußt hatte.

»Kann ich nicht sagen«, antwortete Störmer und dachte über die Reaktion nach. »Sind Sie schon lange mit Polzin zusammen?«

»Nein.« Sie schüttelte den Kopf. »Ein halbes Jahr. Warum fragen Sie?«

»Ich hab nichts anderes gelernt.«

Sie lächelte federleicht und verschränkte die Hände vor den Knien. »Muß man als Privatdetektiv nicht ständig Verbrecher verprügeln und sich nachts in düsteren Ecken herumtreiben?«

»Meistens sitzt man vor langweiligen Leuten, die einem Lügen auftischen. Aber manchmal macht der Job auch Spaß.«

Sie verstand das Kompliment richtig und lächelte wieder.

»Was wollten Sie denn eigentlich von Alexander? Ach, Sie wollten etwas abgeben, oder?«

»Ja«, sagte Störmer und beschloß, daß er den Wisch in seiner Tasche erstens nicht mehr brauchte und zweitens vielleicht sogar etwas dabei herauskäme, wenn Polzin ihn anstarren durfte. Er zog Gudrun Gerstenmüllers Abschiedsbrief aus der Tasche und legte ihn auf den Tisch. »Geben Sie ihm das, und sagen Sie ihm, es sei alles, was ich bisher habe. Er soll darüber nachdenken und mich anrufen, falls ihm etwas dazu einfällt.«

Sie nahm den Bogen, las die Zeilen, ohne sie zu begreifen, und schob eine entzückende Unterlippe vor, die ihrem oberen Pendant ernsthafte Konkurrenz um den Titel der schönsten Lippe der Welt machte. »Na gut«, sagte sie achselzuckend und ein bißchen enttäuscht. »Noch Fragen, Herr Privatdetektiv?«

»Nein. Sie haben mir sehr geholfen. Vielen Dank.«

Sie hielt es für charmant und schenkte ihrem Besucher ein weiteres Lächeln. Störmer nahm es dankbar an. Man wußte schließlich nie, wann man wieder solche Gelegenheiten bekam. Er stand auf, drückte ihre schmale Hand vorsichtig, um sie nicht zu zerbrechen, und ließ sich zur Tür begleiten. Der degenerierte Setter lauerte neben der Tür, um Ausbrecher zu zerfleischen, und knurrte ihn beim Hinausgehen an. Störmer lächelte trotzdem. Er hatte allen Grund.

Auf dem rutschigen Rückweg in die Innenstadt verurteilte er das Radio zum Schweigen. Um die Geschichte so aufklären zu können, daß wirklich etwas dabei herauskam, mußte er sich ein bißchen Mühe geben. Es war ein Gebot der Höflichkeit. Schließlich hatten sich auch andere eine Menge Mühe gegeben.

20.

Um halb fünf stellte Störmer den Saab in einer der Parklücken mit den neuen, noch nicht von der Hamburger Luft zerfressenen Parkverbotsschildern ab. Er zog den Schlüssel aus dem Türschloß, das die Kälte nicht zu vertragen schien, und ging über die Straße zum Haus mit der Nummer 8. Rechts von ihm, auf dem Platz zwischen den Häuserblocks, waren die Bulldozer und andere fortschrittliche Maschinen mit der Demontage der strategisch ungünstig gelegenen Tankstelle ein gutes Stück vorangekommen. Wieder eine Gelegenheit weniger, sich nach halb sieben Uhr abends mit billigem, trotzdem kostspieligem Fusel oder Raviolidosen einzudecken, die dem Preis nach aus Gold sein mußten. Wieder etwas mehr Platz für ein paar aufeinandergetürmte Apartments, die sich nur junge, urbane Profis leisten konnten. Die Vorstellung war grauenhaft. Störmer pfiff seine Phantasie zurück. Sie durften alles tun, solange sie ihm kein weiteres Bürohaus vor die Fenster knallten.

Nachdem er Doris nach Hause geschickt hatte, da ohnehin nichts mehr zu tun war, und den Kippschalter für das Telefon auf das hintere Zimmer umgestellt hatte, wanderte er in sein Büro und schloß die Tür zum Vorzimmer. Er setzte sich, legte Jacke und Holster ab, machte es sich in seinem Stuhl bequem, holte die Scotchflasche heraus, goß das Glas halb voll und legte die Füße bequem auf die herausgezogene Schreibtischschublade. Während der warme Atem der Heizung die Luft vor den dünnen Fensterscheiben verschwimmen ließ und die Eisblumen zum Welken brachte, saß Störmer einfach da und versuchte, an nichts zu denken. Nach einigen Sekunden gab er es auf.

Er griff nicht zum Telefon, um sich Polzins Reaktion auf den Abschiedsbrief der toten Sekretärin anzuhören. Er war fast sicher, daß sein Auftraggeber ihn irgendwann selbst anrufen würde, um darüber zu sprechen. Das sparte nicht nur die zwanzig Pfennig für die Einheit der Bundespost; es ließ dem Verleger auch mehr Spielraum, selbst zur Sache zu kommen und sich gegebenenfalls zu verheddern. Falls er nichts damit zu tun hatte, daß Gudrun Gerstenmüller ihm den Gefallen getan hatte, Hansen zentnerschwer zu belasten, konnte er nichts anderes tun als mit tief gerunzelter Stirn zum Telefon zu greifen und seinen Angestellten zu fragen, was das denn nun schon wieder sein oder werden sollte. Falls er jedoch selbst dafür gesorgt hatte, daß die Freundin des Küstennebels die Segel gestrichen hatte, würde er Störmer vermutlich bitten, jetzt unverzüglich zur Polizei zu rennen und die Geschichte zu beenden. Alles war nach Polzins Vorstellungen abgelaufen, und da es das im Leben nur sehr selten zufällig tat, war Störmer skeptisch. Er versprach sich, diese Skepsis sofort aufzugeben, falls sein Auftraggeber sich als ahnungs- und schuldlos erwiese. Störmer nahm das Scotchglas in beide Hände und sah hinein. Es enthielt keine aufschlußreichen Hinweise. Gudrun Gerstenmüllers Tod war ein ausgesprochen widerspenstiges Detail; so recht wollte es in keine der beiden möglichen Lösungen des Falles hineinpassen. Sogar ein Parkuhrenleser mußte bei einer derartigen Häufung von eindeutigen Hinweisen stutzig werden.

Störmer trank das Glas mit einem Zug leer und schüttelte mißmutig den Kopf. Er hatte das dumpfe Gefühl, aus falsch verstandener Liebe zur Kompliziertheit des Lebens in eine völlig abwegige Richtung zu denken. Immerhin hatte Polzin ihn engagiert, in diesem Fall zu ermitteln, nicht Hansen oder der Kalif von Bagdad. Es gefiel ihm nicht, über verwirrende Lösungen nachzudenken, die sowohl seinen Auftraggeber als auch die Zahlung seines Honorars gefährdeten.

Während er die Scotchflasche wieder über das Glas neigte, hörte er die Tür zum Vorzimmer aufgehen. Doris war noch keine zehn Minuten weg, aber es passierte äußerst selten, daß sie freiwillig zurückkehrte. Trotzdem ließ Störmer die Flasche sinken und stand auf.

»Doris?« fragte er gegen die geschlossene Glastür und sah im gleichen Moment einen zweiköpfigen Schatten, der sich der Tür näherte. Er schaffte es nicht mehr bis zurück zu seinem Schreibtisch, wo die Luger, friedlich im Holster schlummernd, an der Stuhllehne klebte. Als die Tür aufging, stand er wie eine idiotisch plazierte Zimmerpalme in dem schlecht beleuchteten Raum und fühlte sich nicht besonders behaglich.

Es waren zwei. Der größere der beiden trug eine braune Lederjacke, Jeans, zwei Knöpfe im linken Ohr und eine Achtunddreißiger in der rechten Hand. Der andere war kleiner, steckte in einem Mantel, der ihm etwas zu groß war, und wirkte mit seinem schmalen, kantigen Gesicht wie ein halb verhungerter Betriebsprüfer. Er war derjenige, der das Reden übernehmen durfte.

»Störmer«, sagte er lächelnd und bot dem Hausherrn mit großer Geste dessen eigenen Stuhl an. Die Ringe paßten zu seinen schlanken Pianistenfingern wie Steine zu Nieren, aber er schien seine Rolle zu genießen. Störmer machte kehrt und setzte sich. Der Stumme mit der Waffe machte sich nicht die Mühe, um den Tisch herumzumarschieren und die Luger aus dem Holster an der Stuhllehne zu zerren. Entweder waren es also sehr nachlässige Anfänger, oder sie waren sich ihrer Sache ausgesprochen sicher. Der Mantelträger mit dem Geiergesicht setzte sich auf den Klientenstuhl, während sein Partner stehen blieb und das pechschwarze Auge der Waffe weiter auf Störmer gerichtet hielt. Seine Achtunddreißiger flatterte zwar nicht herum wie junge Mädchen bei einem Rockkonzert, aber kleinere Ziele als einen Menschen hätte er so auch aus dieser Entfernung höchstens mit einer abgesägten Schrotflinte treffen können.

»Und?« fragte Störmer, »sind das die neuen Vertretermethoden? Wo sind eure Zeitungen?«

Ein spöttisches Lächeln beeilte sich, über das Gesicht des Geiers zu huschen. Er schien schon bessere Witze gehört zu haben.

»Sehr komisch, Störmer. Sehr komisch. Wir sind hier, um Ihnen ein Geschäft vorzuschlagen.«

»Ich bin ganz Ohr. Aber sagen Sie dem halbstarken Affen, er soll die Knarre wegstecken. So kann ich nicht denken.«

Der Geier bedeutete dem Affen mit einer sehr souverän wirkenden Handbewegung, die Waffe wegzustecken, und der Affe parierte aufs Wort. Er war gut dressiert, aber so verhielt sich kein Profi. Jetzt standen seine und Störmers Chancen, die Achtunddreißiger oder die Luger zu erreichen, ungefähr gleich schlecht. Wer sich derartig leicht seiner Vorteile berauben ließ, konnte vielleicht ein weichherziger Mittelstürmer, aber keinesfalls länger als zwei Tage in dem Geschäft sein, dem der Riese gerade nachzugehen versuchte. Störmer lehnte sich zurück und spürte den harten Knauf der Luger am Oberarm. Der Geier betrachtete seine Fingernägel und entdeckte etwas Dreck. Er pulte an seinen Händen herum, während er leise und fast bedrohlich weitersprach.

»In Ihrem Besitz befindet sich etwas, das ich gerne hätte.«

»Die Kaffeemaschine brauche ich nicht mehr.«

Der Geier verschob die Maniküre auf später und sah Störmer etwas strenger an. »Ich bin nicht hier, um mir Ihre billigen Witze anzuhören, Störmer. Sie wissen ganz genau, was ich will.«

»Nein. Sagen Sie's mir oder muß ich raten?«

»Rücken Sie den Ohrring raus.«

Störmer seufzte leidend. Fehlte nur noch, daß er »oder es knallt« sagte, um sich restlos lächerlich zu machen. Der Geier im Mantel war so echt wie ein 1974 signierter Rembrandt, und sein Begleiter konnte es bisher nicht weiter als bis zum Petting mit zurückgebliebenen Bergziegen gebracht haben. Störmer legte die rechte Hand über die Brustknöpfe seines Hemdes und lächelte. Bis zum Knauf der Luger waren es jetzt noch knappe fünfzehn Zentimeter.

»›Her damit‹ zu kläffen ist noch kein Geschäft. Was krieg ich dafür?«

»Ihr Leben«, sagte der Geier und machte sich endgültig lächerlich. Störmer schob die Unterlippe vor, als müsse er ernsthaft über den Vorschlag nachdenken.

»Nicht schlecht«, sagte er schließlich. »Solche Angebote bekommt man nicht jeden Tag.«

»Sehr vernünftig. Wo ist er?«

»In meiner Jackentasche. Draußen, auf dem Kleiderständer.«

Der Geier zuckte mit dem Kopf wie einer der ganz harten Männer. Sein Begleiter machte einen hektischen Schritt in Richtung Tür und verschwand im Vorzimmer. Daß sein Boss ihm auch noch kurz nachsah, hätte Störmer Tränen der Rührung in die Augen getrieben, wenn er nichts Besseres vorgehabt hätte. Als der Geier wieder nach vorn sah, war er nicht mehr ganz so lässig. Der Lauf der Luger zeigte auf seinen Kopf, und Störmer hielt den Zeigefinger der linken Hand in die Büroluft. Der Geier blieb so still und reglos auf dem Stuhl kleben wie Fliegendreck. Störmer erhob sich lautlos und schlich zur Glastür hinüber, und als der schweigsame Lederjackenträger mit dem Götterboten zurückkam, drückte er ihm den Lauf der Luger an den rechten Nasenflügel. Die Reaktion war angemessen. Große Augen irrten in die Richtung des kalten Metalls, und der Riese begann zu zittern. Störmer griff ihm in die Tasche, zog die Achtunddreißiger heraus und beförderte sie hinten in seinen Gürtel, bevor er sich den goldenen Ohrring zurückgeben ließ. Dann stieß er den Riesen zu seinem hakennasigen Begleiter hinüber, der noch immer reglos vor dem Schreibtisch saß.

»Na also«, sagte Störmer. »Ist doch viel netter so.«

Niemand nickte. Störmer ließ die Luger sinken und nahm am äußersten Rand der Schreibtischplatte Platz.

»Also, was soll das? Wer ist so arm dran, daß er solche Penner wie euch beschäftigen muß?«

Der Geier sah wütend zu ihm auf, sagte jedoch nichts. Störmer seufzte.

»Was spielen wir, Jungs? Wer lacht, verliert?« Er wandte sich an den Riesen, der sich hinter dem Stuhl seines Chefs zu verstecken versuchte. »Was ist mit dir? Hast du mal irgendwo sprechen gelernt?«

Der Riese nickte kurz, ohne es zu beweisen.

»Dann mal los. Wer möchte den Ring haben?«

»Naa ...« sagte der Riese und wurde barsch von seinem Vorgesetzten unterbrochen.

»Halt's Maul«, sagte er und sah Störmer an. Störmer lächelte belustigt zurück. »Von mir aus. Dann sagst du's mir eben. Und fang nicht wieder mit dem verstockten Entlein an, sonst könnt ihr gleich den Bullen erklären, was ihr hier wollt.«

Zu Störmers Überraschung schien das den Geier zu beeindrucken. Sein ohnehin wackliges Gangsterimage bröckelte in sich zusammen und verschwand. »Hansen«, sagte er leise. Störmer rutschte von der Tischplatte herunter und näherte sich dem Mund des Pseudogangsters auf Hörweite.

»Wie war das? Ich hab's heute mit den Ohren.«

»Hansen«, wiederholte der Geier, und Störmer merkte etwas zu spät, daß sich in seinem Büro mehr als zwei Amateure gegenüberstanden. Die Faust des Riesen traf ihn hinter dem linken Ohr und löste ein munteres Feuerwerk aus. Bevor er die Luger hochreißen und dem zerknirschten Geier ins Gesicht drücken konnte, erwischte ihn ein Knie im Magen. Es war ein bißchen zu viel für einen Abend. Störmer taumelte zurück gegen den Schreibtisch, ohne die Luger loszulassen, und begrüßte die vorstehende Tischkante mit der Wirbelsäule. Niemand machte sich die Mühe, ihn weiter zu verprügeln; immerhin hatte er die Luger noch in der Hand und war so gut wie hellwach. Er rollte sich mit der Schulter auf dem staubigen Boden ab und richtete die Waffe dorthin, wo die beiden Eindringlinge eigentlich stehen mußten. Die Glastür des Büros fiel ins Schloß, bevor Störmer verhindern konnte, daß sich ein Schuß aus der Luger löste. Durch das Geräusch zersplitternden Glases hörte er die Tür des Vorzimmers zuschlagen und eilige Schritte die Treppen hinunterrasen. Er stand auf, trat ans Fenster, wischte einige weiche Eisreste weg und sah seine Besucher aus dem Hausflur stürzen und über die glatten Gehwege in Richtung Landungsbrücken verschwinden. Störmer ließ den Revolver sinken und nahm auf der Heizung Platz. Da Angst Flügel verleiht, würden die beiden die Grenze nach Schleswig-Holstein innerhalb von zwei Minuten erreicht haben. Es machte also nicht sonderlich viel Sinn, ihnen wie ein besengter Schlittschuhläufer über die eisigen Gehwege hinterherzuschliddern. Davon abgesehen fiel Störmer auch gar keine Frage ein, die er den beiden schlechten Schauspielern hätte stellen können.

Er befühlte seinen Hinterkopf, an dem sich eine zierliche Beule zu bilden begann, betrachtete die zerschossene Glastür zwischen seinem Büro und dem Vorzimmer und rutschte wieder von der Heizung herunter. Nachdem er die Achtunddreißiger im Schreibtisch deponiert und die Luger im Holster aufgehängt hatte, nahm er die Beschäftigung wieder auf, von der die beiden Eindringlinge ihn abgehalten hatten. Der Scotch linderte die Rücken-, Kopf- und Magenschmerzen etwas, die ihm das Gespräch eingebracht hatte. Störmer betrachtete den kleinen Götterboten, um den so viel Wirbel veranstaltet wurde, und schüttelte den Kopf.

»Mein lieber Freund«, sagte er. »Du gehst mir langsam auf die Nerven.«

Bevor er völlig durchdrehte und auch noch mit der Kaffeemaschine oder dem Hutständer zu reden begann, griff er zum Telefon und wählte Hansens Privatnummer. Nach dem zehnten Klingeln war die Stimme dran, die dem verschlafenen Kind im Micky-Maus-T-Shirt gehörte.

»'n Abend«, sagte Störmer. »Ist Ihr Freund da?«

»Ja. Wer ist denn da?«

»Störmer.«

»Der mit dem Hut?«

»Der mit dem Hut.«

»Moment«, sagte sie und legte den Hörer weg. Im Hintergrund war leise, vermutlich gemütliche Musik zu hören, die schnell vom Geräusch näherkommender Schritte übertönt wurde. Hansen klang nicht aufgeregter oder eifriger, als Störmer erwartet hatte.

»Ja, Hansen. Störmer?«

»Ja. Haben Sie heute abend noch was vor?«

»Äh, ich . . .«

»Setzen Sie sich in Ihren Wagen und fahren Sie zu Ihrem Strandhäuschen. Falls es Sie interessiert, wie diese ganze Geschichte zusammenhängt.«

»Wie? Was hat denn mein Haus damit zu tun?«

»Fahren Sie einfach hin. Fahren Sie hin, machen Sie kein Licht, stellen Sie Ihren Wagen so ab, daß nicht mal Sie ihn wiederfinden, laden Sie niemanden ein, und warten Sie auf mich.«

Hansen versuchte zu protestieren, aber Störmer ließ ihn nicht dazu kommen. Er drückte auf die Gabel, behielt den Hörer für einen kurzen Moment unentschlossen in der Hand und legte schließlich doch auf. Während er nebenan versuchte, einen verträglichen Kaffee in die Kanne zu zaubern und sein Gesicht minutenlang unter den Wasserhahn hielt, um klar und wach zu werden, dachte er über das nächste Gespräch nach. Schlaftrunken das Blaue vom Himmel herunterzulügen war so unmöglich wie ein Sandsack auf einer Bobbahn. Und Störmer wußte, daß er in der nächsten Viertelstunde überzeugender wirken mußte als ein unterschriebener Blankoscheck.

21.

Nachdem er die zackig aus dem Rahmen stehenden Reste der Glastür kurz und mitfühlend betrachtet und über die Glaserpreise nachgedacht hatte, stellte Störmer die Kaffeetasse vor sich auf den Tisch und wählte Polzins Nummer. Nach dem sechsten Klingeln war der Verleger am Apparat und tönte Störmer sein reibendes »Ja« ins Ohr.

»Störmer, Herr Polzin.«

»Ah, Störmer.« Es klang, als habe er auch gerade die Idee gehabt, zum Telefon zu greifen. »Silke hat mir eben diesen Wisch gegeben. Was soll das? Warum liefern Sie dieses Zeug bei mir ab?«

Es war die richtige Reaktion. Seine Stimme hätte so aufgeräumt wie ein Bundeswehrspind klingen müssen, wenn er etwas mit dem belastenden Abgang von Hansens Ex-Verhältnis zu tun gehabt hätte. Störmer seufzte kurz und sah die Kaffeetasse mißmutig an. Es blieb also kompliziert.

»Ich befürchte, daß Hansen die Frau, die diesen Brief geschrieben hat, auf dem Gewissen hat. Sie hätte mir weiterhelfen können«, sagte Störmer. Polzin hielt die Luft an und unterdrückte wahrscheinlich ein Glucksen. Soviel Glück war zuviel für ihn. Er hustete, um keinen richtigen Eindruck entstehen zu lassen.

»Mein Gott«, sagte er, jetzt wieder sehr gefaßt. »Zu was dieser Mensch fähig ist. Haben Sie die Polizei schon benachrichtigt?«

»Noch nicht. Ich wollte vorher noch mit Ihnen sprechen.«

»Worüber?«

Störmer ordnete Kaffeetasse, Zigarettenschachtel und Whiskyglas symmetrisch auf dem Schreibtisch an und lehnte sich zurück. »Ist ein bißchen kompliziert«, sagte er.

»Und wird Ihnen vermutlich nicht gefallen. Das Problem ist, daß es keinen Ohrring gibt.«

Störmer versuchte ein stummes Stoßgebet.

»Wie bitte?« fragte Polzin nach einer Pause.

»Es gibt keinen Ohrring.«

»Aber Sie haben doch gesagt...« Polzin ließ es in der Luft hängen und schwieg.

»Ich weiß, was ich gesagt habe. Das war eine Lüge. Ich wußte nicht recht, was ich von dem Ring halten sollte. Als ich bei Ihnen war, haben Sie mich mit der Nase auf das gute Stück gestoßen. Darauf, daß er der Schlüssel zu der ganzen Geschichte ist.«

Störmer ließ eine Pause entstehen. Polzin protestierte nicht.

»Jedenfalls hatte ich diesen Eindruck, also habe ich das gute Stück erfunden.«

Polzin schnaubte ein bißchen in die Leitung. Störmer ließ ihn nicht zu Wort kommen. »Man muß manchmal Dinge erfinden, Herr Polzin. Und es hat sich gelohnt.«

»Störmer«, keuchte Polzin, »Sie arbeiten für mich.«

»Ich weiß. Ihre Reaktion auf den Ring hat mich auch nicht überrascht, also regen Sie sich ab. Sie hätten mich nur verwirrt, wenn Sie ruhig geblieben wären. Ich wollte wissen, ob Sie von dem Verhältnis wußten. Das Schöne an dieser Lügengeschichte ist, daß Hansen sie geschluckt hat.«

»Was?«

»Diese Geschichte mit dem Ring in seiner Hütte. Folgendes steht fest, Polzin: Ihre Freundin hat den Ring kurz nach ihrem Geburtstag im November verloren. Hansen war zu dieser Zeit im Urlaub, und zwar bis vor wenigen Tagen. Da Eva keinen Schlüssel zu der Hütte hatte, konnte der Ring eher auf dem Mond liegen als dort. Ich wußte das, aber Hansen nicht. Der zweite Götterbote liegt noch in Ihrem oder Evas Nachttischchen, also konnte sie den auch nicht dort verloren haben. Wo immer der verschwundene Nachrichtenbringer sein mag; in der Hütte von Herrn Hansen kann sie ihn unmöglich verloren haben.« Störmer lauschte kurz in die Leitung. Polzin hielt gespannt die Luft an.

»Weiter«, sagte er tonlos.

»Hansen ist darauf hereingefallen. Die Geschichte hat ihm so gut gefallen, daß er mich rausgeschmissen hat. Er weiß, daß er verloren hat, Herr Polzin. Und er hat einen letzten entscheidenden Fehler gemacht, indem er mir zwei sehr schräge Vögel hergeschickt hat, um den kleinen Götterboten, den ich leider nicht habe, zurückzubekommen. Ich konnte den beiden nicht weiterhelfen.«

Polzin schwieg. Störmer konnte es ihm nicht verdenken. Es gab allerhand zu überlegen.

»Es hat funktioniert, Herr Polzin«, sagte er schließlich und versuchte dabei wie ein stolzer Detektiv zu klingen. »Für mich steht fest, daß Hansen Ihre Lebensgefährtin auf dem Gewissen hat. Und ich bin sicher, daß ich in der Hütte Fingerabdrücke von Eva oder Hinweise auf die Sabotage finde, wenn ich noch mal genau hinsehe.«

»Sie wollen noch mal hin?«

Störmer lächelte breit. »Ja, natürlich. Irgend etwas wird da sein. Und wenn ich jetzt auch noch die Säge, mit der er gearbeitet hat, aus dem Sand buddle, haben wir alles zusammen. Ich fahre morgen früh raus. Anschließend benachrichtige ich die Polizei.«

Polzin fing sich wieder und erinnerte sich daran, daß er sich über dieses Ergebnis freuen mußte.

»Ja«, sagte er. »Ja. Ausgezeichnet, Störmer. Gute Arbeit. Ich werde Ihnen einen Bonus überweisen.«

»Das ist nicht nötig, Herr Polzin.«

»Wie Sie wollen. Gut, Störmer. Die Polizei wird mich ja vermutlich anrufen ...«

»Anzunehmen.«

»Schön. Ich verstehe Ihre Arbeitsmethoden zwar nicht, aber der Erfolg scheint Ihnen recht zu geben. Ich empfehle Sie weiter.«

»Danke.«

In der Leitung wurde es still, und Störmer atmete einige Liter Luft aus. Das einzige, was dem großartigen Planer Polzin jetzt noch starke Kopfschmerzen bereiten konnte, war ein Ring, der an einer Stelle lag, an der er unmöglich liegen konnte. Sein Hauptbeweisstück verwandelte sich in einen sengenden Schneidbrenner, der die ganze solide Konstruktion zu verbrennen drohte. Polzins Haus war groß genug, daß man darin eine Weile nervös herumwandern konnte, aber irgendwann würde der Besitzer merken, daß Wandern allein nichts bewirkte. Er war intelligent genug, um sich die Folgen dieser möglichen Entdeckung auszumalen, und er würde sich über seine verdammte Genauigkeit ärgern wie ein Rentner über Falschparker. Irgendwann würde er merken, daß er keine andere Wahl hatte, als zu einem Kurzurlaub an die See aufzubrechen. Störmer trank den Kaffee aus, rief Michaelis an, der es sich gerade vor dem Fernseher gemütlich gemacht hatte, und verließ fünf Minuten nach diesem letzten Gespräch das Büro.

Er brauchte weitere fünf Minuten, um bis zu seinem Saab zu kommen. Eine seiner vergreisten Mitbewohnerinnen stellte sich ihm im Flur in den Weg und hielt ihm einen längeren Vortrag über das Abfeuern von Feuerwerkskörpern in Wohnungen. Störmer ließ sie weitere zwei Minuten sabbernd über unangemeldete Feiern in Mietshäusern dozieren, bevor er sie stehen ließ. Als die Haustür hinter ihm ins Schloß fiel, brabbelte sie immer noch hinter ihm her.

22.

Die Autobahn nach Norden war leerer als ein Polizistenhirn, der blaue Saab schnurrte nordwärts wie ein alter, schneller Kater, und große Schneeflocken taumelten durch die Lichtkegel der Scheinwerfer auf die Straße, um dort eine feste Schneedecke zu bilden. Die Temperaturen waren nicht merklich gesunken, also standen die Aussichten für ein zur Abwechslung weißes Weihnachtsfest nicht schlecht. Störmer dachte an Bäume voller Lametta, glückliche Familien, die sich um die Tanne versammelten und sich Glück wünschten, nörgelige, verkalkte Verwandte, die den Krönungskaffee der Hausfrau nicht als solchen erkannten und statt »Mmmh« »Plörre« riefen, an fröhliche, zur friedlichen Feier auf Hochglanz polierte Kinder, die Plastikpanzer aus monströsen Verpackungen zerrten, und an die, die keinen Baum, kein Lametta und keine Verwandten hatten, um das verkaufte Fest zu begehen. Störmer dachte an sich. Und er dachte an Gudrun Gerstenmüller. An Frauen mit fettigen Haaren und Männer in alten Mänteln, die am Weihnachtsabend aus streifigen Fenstern hinaus auf die bunten Girlanden und glitzernden Spiegelbilder im Asphalt starrten, ohne auf Gesellschaft hoffen zu können. Niemand kam, um »Alles Gute« zu sagen. Keine Überraschungsgäste, keine Engel, keine Könige aus dem Morgenland. Sie war eine von diesen Gestrauchelten gewesen, die nicht mehr auf die Beine kamen, und die niemand wieder auf die Beine bringen wollte. Zu hektisch war alle Welt in dieser stillen Zeit damit beschäftigt, die falschen Krawatten und Schaumbäder aus den Kaufhausregalen zu klauben und Mitbewerber mit ausgefahrenen Ellenbogen am Einkaufen zu hindern. Wer außer dem Spirituosenhändler an der Ecke sollte da noch etwas Zeit oder ein freundliches Lächeln für die Gudrun Gerstenmüllers dieser Welt entbehren können?

Ihr Selbstmord paßte fast zu gut in Polzins Konzept, um nichts mit ihm zu tun zu haben. Störmer zündete sich eine Zigarette an und öffnete das Seitenfenster. Nichts war vollkommen, und nirgendwo reichten reines Schwarz und reines Weiß aus, um ein Bild der Welt zu malen. Ein winziges Spitzlicht hier, ein zierlicher Teerfleck dort. Der Rest erforderte Mischtöne. Störmer schnippte Asche in den überquellenden Aschenbecher und zählte Schneeflocken.

23.

Der Schneefall war dichter geworden und hatte die Bäume längs des Weges zu Hansens Hütte mit einer festen, glänzenden Schicht überzogen. Störmer fuhr langsam den Weg hinauf und versuchte, sich äußerst links, dicht am Rand einer Düne zu halten. Er folgte den schon beinahe zugeschneiten Spuren von Hansens Wagen bis zu einer Abzweigung, die normalerweise vermutlich nur von Kaninchen und Rehen benutzt wurde und fuhr hinein. Nach zwanzig Metern Fahrt durch Sandkuhlen entdeckte er Hansens kleinen Mercedes am Rand des Weges und stellte den Saab daneben ab. Er überprüfte die Luger, schob sie wieder ins Holster zurück und stieg aus. In dem armseligen Märchenwald zwischen den Hügeln war es fast stockdunkel, und die vom Himmel rieselnden Flocken wirkten hier nicht mehr verwunschen, nur noch naß. In den Ästen knackte es leise, und ein stetiges, leises Rieseln begleitete den Weg der Schneekristalle zum Boden. Störmer stapfte durch den Schnee, erreichte die Zufahrt zur Hütte, auf die etwas mehr Mondlicht sickerte als zwischen die Hügel hinter ihm, wandte sich nach links und legte die letzten hundert Meter bis zu Hansens Wochenendhaus so weit wie möglich am linken Rand des Weges gehend zurück. Hansen hatte sich an seine Anweisungen gehalten und das Licht nicht eingeschaltet. Die Hütte lag wie ein schwarzer Stein vor dem dunklen Himmel über der See und wirkte wie ein Haus am Rand der Welt. Störmer betrat die Stufen und sah sich um. Der Weg zum Haus sah aus, als habe ihn seit Jahrhunderten niemand betreten oder befahren. Er stapfte die nicht von einem Dach geschützten Stufen hinauf, übersprang das letzte Stück Holz bis zur Fußmatte und klopfte vorsichtig an. Drinnen stand jemand auf, schlich vorsichtig zur Tür hinüber und öffnete. Störmer schob sich an Hansen vorbei in den kühlen Raum. Der Verleger fror.

»Ich sitze hier schon seit einer guten Stunde«, sagte er leise. »Was soll denn das Ganze eigentlich?«

Störmer sah auf den Boden unter seinen Füßen. Die Schneebrocken weigerten sich, zu Wasser zu werden und in den Ritzen zu versickern.

»Haben Sie einen Handfeger?«

»Was? Ja.«

»Holen Sie ihn her.«

Hansen drehte sich kopfschüttelnd um und verschwand in der kleinen Küche. Nach einigem Rumoren kehrte er mit einem Plastikhandfeger und einer Schaufel zurück. Störmer nahm ihm beides aus der Hand und befreite seine Schuhe vom Schnee. Dann fegte er den Boden und betrachtete Hansens Schuhe. Sie waren mittlerweile schneefrei. Nachdem er die Tür wieder abgeschlossen und den Schlüssel abgezogen hatte, wanderte er mit der schneebedeckten Schaufel in die Küche und leerte sie in den Ausguß. Dann drehte er sich zu Hansen um, der ihm gefolgt war wie ein treuer, aber leicht verärgerter Hund.

»Also. Was soll das, Störmer?« zischte er.

»Setzen Sie sich«, sagte Störmer und nickte in Richtung Sofa. Hansen kam der Aufforderung mürrisch nach und verschränkte die Arme vor der Brust. Störmer wanderte zu dem der Straße zugewandten Fenster der Hütte und sah hinaus in die nur vom Mond erleuchtete Landschaft. Dann wandte er sich Hansen zu.

»Sie wußten, daß ich mit Gudrun Gerstenmüller gesprochen hatte. Richtig?«

Hansen bewegte sich nicht. »Haben Sie mich hergebeten, um mich das zu fragen? Hätte ich Ihnen das nicht auch am Telefon beantworten können?«

»Sie wußten es. Vermutlich, weil Sie mit diesem Schreiber an der Bar gesprochen haben, nachdem ich weg war.«

»Und wenn«, sagte Hansen.

»Was hätte sie mir erzählen können? Daß sie damals den Sündenbock für ihren sauberen Chef gespielt hat, der eine Versicherung oder das Finanzamt übers Ohr hauen wollte? Daß nicht sie die Fehler gemacht hat, sondern ihr geliebter Bernhard? Sie war völlig blind, oder nicht?«

Hansen seufzte und legte den Kopf in den Nacken. »Was wollen Sie denn hören, Störmer? Ja, sie war blind. Sie hat es nicht verkraftet. Was sollte ich denn machen?«

»Sie haben sie trotzdem weiter unterstützt.«

»Woher wissen Sie das?«

»Ich kann Kontoauszüge lesen, seit ich volljährig bin.«

Hansen ließ die Hände in den Schoß sinken, ohne den Kopf wieder nach vorn zu nehmen. »Ja«, sagte er, »ich habe sie weiter unterstützt. Damit sie nicht völlig herunterkommt.«

»Mir kommen gleich die Tränen. Was haben Sie ihr denn erzählt, nachdem ich weg war?«

Hansen atmete tief ein und dann ruckartig wieder aus. Er gab die zurückgelehnte Haltung auf und stützte sich mit den Ellenbogen auf den Knien ab, bevor er antwortete.

»Ich habe sie nur gebeten, Ihnen nichts zu erzählen.«

»Bringen sich häufiger Leute um, wenn Sie sie um etwas bitten?«

»Verdammt, das konnte ich doch nicht ahnen.« Er sprach mit der Zimmerwand, statt Störmer anzusehen.

»Was nennen Sie bitten? Jemanden darauf hinzuweisen, daß die monatliche Schweigegeldzahlung verschwindet, wenn er sich verplappert? Jemandem den Küstennebel vor der Nase wegzureißen? Die Frau war fertig, Hansen. Sie brauchte nur noch einen kleinen Stoß, um abzustürzen. Und den haben Sie ihr verpaßt.«

Hansen zuckte mit den Achseln und sah zu Störmer hoch. Was in seinem Gesicht fehlte, war ein Gefühl, das dem Trotz die Waage gehalten hätte. »Schön«, sagte er. »Was soll's? Wollen Sie mich vielleicht vor Gericht zerren, weil ich mit ihr gesprochen habe? Ich habe sie nicht angerührt.«

»Ich kenne kein Gericht für solche Fälle.«

Hansen stand auf und wanderte mit ausgebreiteten Armen durch den Raum. Er erinnerte Störmer an einen großen Aasvogel. »Also«, sagte er, »spielen Sie sich nicht auf wie der Herrgott persönlich. Sie ist tot, es tut mir leid, aber ich kann es nicht mehr ändern. Woher sollte ich denn wissen, daß sie... das tut? Ich bin doch kein Hellseher, Störmer.«

»Sie überschätzen die notwendige Qualifikation, Hansen.«

»Fein«, sagte Hansen scharf. »Na schön. War's das? Ging es darum? Haben Sie mich in dieses eiskalte Loch bestellt, um mir ins Gewissen zu reden? Ich stifte eine Kerze und lege die Beichte ab. Reicht Ihnen das?«

»Machen Sie, was Sie wollen.« Störmer holte die Zigaretten heraus und entdeckte Hansens Feuerzeug in seiner Tasche. Er zündete die Lucky an und warf dem Verleger das Feuerzeug zu. »Ich habe Sie nicht nur deswegen hergebeten. Wir sollten über jemanden sprechen, der es problemlos mit Ihnen aufnehmen kann.«

»Was?«

»Der Tod Ihrer ehemaligen Freundin paßte ein bißchen zu gut ins Bild. Ich dachte zuerst, Polzin habe das arrangiert, um Ihnen endgültig das Genick zu brechen, aber dann erschien es mir doch ein bißchen zu dick.«

»Und?«

Störmer schob die dünne Gardine beiseite und sah hinaus in die taumelnden Schneeflocken. »Er müßte eigentlich gleich hier auftauchen.«

»Polzin? Haben Sie ihm gesagt, wo diese Hütte ist?«

»Das weiß er. Er muß es schon sehr lange gewußt haben.«

Störmer sah wieder Hansen an. »Sie hatten recht mit Ihrer Einschätzung. Polzin ist nicht der Typ, der anderen jähzornig an die Gurgel fährt. Und er ist intelligent; wenn Sie nicht wochenlang in der Sonne gebraten hätten, wäre ich wahrscheinlich nicht dahintergekommen.«

»Was?« Hansen näherte sich Störmer und blieb dicht vor ihm stehen. »Was bedeutet das?«

»Setzen Sie sich wieder hin.« Störmer hatte keine Lust, Hansen auch nur körperlich nahezustehen. Der Verleger wich zurück und setzte sich wieder.

»Polzin war hier, um den Ohrring im Sofa zu deponieren. Sie, Herr Hansen, lagen in der Sonne, und hier hat Väterchen Frost dafür gesorgt, daß Polzins Spuren im Schlamm steckenblieben. Außerdem konnte Eva den Ohrring nicht hier verloren haben.« Störmer langweilte sich und verstummte. »Es spielt keine Rolle«, sagte er schließlich. »Wenn ich recht habe, taucht Ihr Nebenbuhler gleich hier auf und versucht, den Ohrring zurückzuholen. Da das gute Stück angeblich verschollen ist, wird er unseren oliven Freunden kaum erklären können, woher er das Versteck kennt.«

»Aber Sie haben den Ring doch«, sagte Hansen.

»Polzin glaubt, ich hätte gelogen. Er glaubt, der Ring sei noch hier.« Störmer zog den Götterboten aus der Tasche und steckte ihn neben Hansen behutsam zwischen die Sofakissen. »Genau hier. Und sobald er zwischen diese Polster greift, ist es vorbei.«

Hansen schwieg lange. Dann stand er wieder auf. Diesmal wahrte er die Distanz und klang so pathetisch wie ein schlechtes Melodram. »Das ist genial, Störmer.«

»Nicht komplizierter als eine Kopftransplantation.«

»Nein, wirklich.« Hansen schüttelte den Kopf. »Wenn Sie nicht gewesen wären, säße ich morgen im Knast, und der Strand-Verlag würde die Rechte an Evas Buch auswerten, weil Pegasus als Verlag ausfiele. Er hat ... Eva umgebracht. Er wäre mich los gewesen. Und es hätte ihn nichts gekostet.«

»Außer meinem Honorar. Ja, es ist ganz hübsch ausgedacht. Nur schade, daß der Wagen so fürchterlich gelitten hat und niemand mehr Anhaltspunkte finden konnte. Er muß sich sehr darüber geärgert haben, daß die Polizei seine gut ausgelegten Spuren überhaupt nicht verfolgt hat.«

»Mein Gott«, sagte Hansen. Er setzte sich wieder hin und lehnte sich zurück. »Wie kann ich Ihnen danken, Störmer?«

»Indem Sie den Mund halten. Sie kotzen mich genauso an wie Ihr reicher Kollege.«

Hansen saß einen Augenblick lang mit offenem Mund da. Dann nickte er trotzig, verschränkte die Arme wieder vor der Brust und schwieg standhaft. Störmer öffnete die Fensterklappe und warf die halb heruntergebrannte Zigarette hinaus in den Schnee. Der Abend schien einer von jenen zu sein, an denen auch der feinste Tabak schmeckt, wie öffentliche Toiletten aussehen. Störmer sah aus dem Fenster, hinaus auf den schneebedeckten Weg. Er hatte

Michaelis gebeten, nicht mit Blaulicht den Weg hinaufzupreschen, aber wenn Polzin nicht vor den Oliven einträfe, würde sich der durch den unberührt wirkenden Schnee entstandene Vorteil in einen gravierenden Nachteil verwandeln. Das Wetter spielte mit. Nur der Ehrengast fehlte noch.

24.

Sie mußten nicht mehr lange warten. Nachdem Störmer Hansen das Rauchen verboten und sich dadurch noch etwas unbeliebter gemacht hatte, waren zehn schweigsame Minuten vergangen. Dann tanzten zwei helle Scheinwerfer durch den auf den Weg fallenden Schnee, und Störmer ließ die dünne Gardine an den Fensterrahmen zurücksinken. Er drehte sich um.

»Hinter den Raumteiler«, zischte er, und Hansen verschwand in der Dunkelheit. Störmer sah wieder hinaus und atmete auf. Es waren nicht die Dienstwagen der Oliven. Der große, dunkelblaue Jaguar blieb vor der Treppe stehen, und die Scheinwerfer beleuchteten sekundenlang hartnäckig prüfend die kleine verschneite Holzhütte. Störmer lehnte sich an die Wand neben dem Fenster. Polzin öffnete die Fahrertür und stieg aus, ohne die Scheinwerfer auszuschalten. Er sah sich nach allen Seiten um, stapfte durch den tiefen Schnee vor der Motorhaube des Jaguars und betrat die Stufen zum Haus. Er brauchte nicht lange, um die verschlossene Tür zu öffnen, und Störmer nutzte die Zeit, um es sich hinter dem Küchenvorhang leidlich bequem zu machen. Er hörte, daß Polzin sich die Füße in dem kleinen Flur abtrat, bevor er in das kleine Wohnzimmer eintrat. Der Verleger sah sich um und spürte nichts.

Ohne sich lange aufzuhalten, marschierte er durch das Zimmer und näherte sich dem Sofa von hinten. Störmer stand an der Küchenwand und betrachtete den breiten Rücken des Verlegers, der sich über die Lehne nach vorn beugte, zwischen die Polster griff und den kleinen Ohrring triumphierend ins Licht der von draußen hereinscheinenden Lichter hielt. Für Störmer war es das Zeichen, die Deckenbeleuchtung in der Küche einzuschalten und einen Schritt nach vorn zu machen. Polzin wirbelte herum und starrte Störmer an wie ein Alligator die Krokohandtasche. Er ließ die Hand mit dem Ohrring langsam sinken, und Störmer ließ ihm etwas Zeit, sich zu fangen.

»Schön, Sie zu sehen, Polzin«, sagte er und wanderte mit in den Manteltaschen vergrabenen Händen um das Sofa herum. Er blieb vor den flachen Regalen an der gegenüberliegenden Wand stehen und lehnte sich an. Nachdem er die Hände vor der Brust verschränkt hatte, zog er die Augenbrauen verwundert hoch und schüttelte aufrichtig bedauernd den Kopf.

»Verdammt einsame Gegend, finden Sie nicht? Gar nicht so leicht zu finden, dieses Häuschen.«

Polzin steckte den Ohrring in die Manteltasche und ließ die Hand gleich drin. Er sah Störmer trotzig an.

»Was machen Sie hier?« fragte er barsch. »Ich dachte, Sie wollten morgen herfahren?«

»Hören Sie auf, Polzin«, sagte Störmer. »Ich bin kein Schauspiellehrer. Daß Sie den kleinen Mann aus dem Sofa gezerrt haben, überführt Sie. Sie haben ihn Ihrer Freundin Eva geklaut, um diese ganze Nummer vorzuführen. Sehr hübsch, aber leider nicht perfekt.«

Polzin wägte seine Chancen ab, Teile dieser Anschuldigungen aus der Welt zu diskutieren. Dann schüttelte er den Kopf. »Na schön, Störmer. Für so intelligent hatte ich Sie nicht gehalten, aber das mag an der äußeren Erscheinung gelegen haben. Ich gebe zu, daß ich Sie unterschätzt habe. Zufrieden? Verzeihen Sie mir, wenn ich nicht gratuliere, aber mir ist nicht danach.«

»Ich kann damit leben.«

Polzin legte den Kopf schief wie ein neugieriger Dackel. »Was stimmte nicht?«

»Allerhand. Es fing damit an, daß die Wohnung Ihrer Freundin etwas zu aufgeräumt war. Sie wußten, daß sie ihr Testament geändert hatte, wahrscheinlich waren Sie öfter allein da, um zu kramen. Richtig?«

Polzin nickte.

»Und Sie haben alle Hinweise auf das Verhältnis entfernt, bevor Sie mir den Schlüssel gegeben haben. Ihre Schuhe waren zu groß und zu teuer, das Wetter und gewisse Urlaubspläne waren gegen Sie... ersparen wir uns das. Man mußte nur genau genug hinsehen. Trotzdem war es eine hübsche Idee.«

Polzin nickte. »Ein Haufen Zufälle.«

»Ja«, sagte Störmer. »Und die Tatsache, daß Sie die Intelligenz der restlichen Menschheit unterschätzen. Nicht meine, aber die von Herrn Hansen. Er ist zu clever, um solche breiten Spuren zu hinterlassen. Er kennt feinere Methoden.«

»Schön«, winkte Polzin ab. »Lassen Sie dieses pathetische Heldengequatsche. Was wollen Sie tun? Das Sofa als Zeugen vorladen?«

»Nein. Kommen Sie raus.« Hansen trat kreidebleich hinter dem Raumteiler hervor und stellte sich neben Störmer vor das flache Regal. Er zitterte leicht, und es konnte nicht nur an der kalten Luft in der Hütte liegen. Polzin sah zwischen den beiden hin und her und senkte dann den Blick. Für einen langen Moment betrachtete er den Hüttenboden. Als er wieder aufsah, glaubte Störmer, der plötzlich sehr alte Verleger habe resigniert.

Er sah zu spät, daß unter dem traurigen Dackelblick ein anderes Gefühl lauerte. Vielleicht war Polzin nicht der Typ, der anderen jähzornig an den Hals sprang, solange es andere Möglichkeiten gab, sie umzubringen, aber in der kalten Hütte lagen keine Geldbündel, mit denen er bestechen, keine Sägen, mit denen er Autoachsen manipulieren, und keine Telefone, die er benutzen konnte. Er stand in der Ecke wie ein erledigter Boxer und hatte keine andere Wahl mehr, als seinen unbändigen Zorn ausbrechen zu lassen. Störmer begriff es eine Sekunde zu spät. Polzins Hand, die noch vor wenigen Minuten den kleinen Götterboten hatte verschwinden lassen, tauchte wieder auf. Diesmal hielt sie keinen Ohrring, sondern einen kurzen Revolver, der schnell an einem ausgestreckten Arm nach oben wanderte. Die Zeit schien es überhaupt nicht mehr eilig zu haben, als Störmer endlos langsam die Luger herausriß und auf den gescheiterten Planer anlegte. Als der Schuß aus Polzins Revolver die Stille der winterlichen Idylle zerriß, war auch Störmer soweit. Bevor Polzin die Waffe herüberschwenken konnte, hatte Störmer bereits abgedrückt. Der strenge Blick des Verlegers wich einem überraschten Ausdruck, bevor das aus der Stirn schießende Blut auch diesen Eindruck verwischte. Er ließ die Hand mit der Waffe sinken, ohne ein weiteres Mal abzudrücken, seine Knie knickten ein, und er sackte mit dem Gesicht auf die graue Lehne des Stoffsofas. Dort blieb er kurz liegen wie ein von aller Welt enttäuschtes Kind, bevor er schließlich weiterrutschte und mit einem sanften Geräusch auf den Boden aufschlug.

Der große, rote Fleck auf der Sofalehne ging in einen schmalen Schweif über und verlor sich an der Rückseite des unbrauchbaren Möbels. Danach war es vollkommen still.

Störmer ließ die Waffe sinken, steckte sie ein und kniete sich hin, um Hansen zu betrachten. Er hatte noch versucht, sich nach links zu drehen, um sein Herz vor Schaden zu bewahren, aber genützt hatte es ihm nichts. Polzin hatte dort getroffen, wo er hatte treffen wollen, und dem wenigen Blut nach hatte Hansens Herz kein einziges Mal mehr geschlagen. Der tote Verleger war auf die Seite gesunken, lag mit dem Gesicht auf dem harten Boden und hatte die Beine angezogen wie ein Schlafender. Bücher aus dem flachen Regal waren über seinen Rücken gerutscht, ohne dort Halt finden zu können, und die Fingerspitzen seiner ausgestreckten Hand berührten sanft den eisernen Fuß des französischen Bettes hinter dem Raumteiler. Störmer stand wieder auf.

Von weither hörte er das Geräusch näherkommender Wagen durch die vollkommene Stille sickern. Er wandte sich von Hansen ab, ging an Polzin vorbei, der mit geöffnetem Mund und aufgerissenen Augen hinter dem Sofa auf dem Rücken lag, versuchte, die Blutpfütze unter dem Kopf nicht zu sehen und trat hinaus auf die Treppe vor dem Haus. Als die beiden Familienkutschen voller Zivilbullen hinter Polzins Jaguar zum Stehen kamen, hatte er wieder soviel frische Luft in den Lungen, daß er sprechen konnte, ohne aufzustoßen.

Störmer hob den Kopf und sah Michaelis hinter zwei breiten Oliven her auf die kleine Treppe zukommen. Als der Polizist stehenblieb und ihn ansah, mischte sich eine Spur von Unruhe in seinen stumpfen Blick. Man konnte es als Sorge interpretieren, aber es konnte genausogut Müdigkeit sein. Störmer entschied sich für die erste Möglichkeit. Er konnte es ausnahmsweise gebrauchen.

»Polzin und Hansen«, sagte er und mußte sich räuspern. »Liegen da drin.«

»Was ist passiert?« fragte Michaelis. Keiner der Ordnungshüter wagte es, die Treppe zu betreten. Störmer stand auf der zweiten Stufe und fühlte sich wie ein erbärmlich schlechter Begräbnisredner.

»Polzin hat Hansen erschossen. Er wollte mich umlegen. Ich mußte mich wehren.«

Michaelis fluchte und starrte in den Schnee. »Verdammt, Störmer, jetzt hast du aber wirklich Scheiße am Hacken. Wozu sind wir denn da? Um die Leichen hinter dir wegzuräumen?«

Störmer fiel keine Antwort ein. Er machte den Weg für die Oliven frei und blieb vor Michaelis stehen. »Nein«, sagte er. »Ich war eine Sekunde zu langsam.«

»Du meldest dich morgen früh bei mir.«

Störmer nickte. »Ja.«

»Und jetzt möchte ich die Kurzfassung.«

Störmer machte es ganz kurz. Michaelis klopfte ihm anschließend nicht auf die Schulter. Mit seinem Blick hätte er Eisen zum Schmelzen bringen können.

»Und du«, sagte er mühsam beherrscht, »meinst jetzt wahrscheinlich noch, sie hätten es verdient, was?«

»Nein«, sagte Störmer. »Das hat niemand.«

Michaelis nickte. Für einen sehr langen Moment schwiegen beide. Leise flüsternd rieselte der Schnee auf Störmers Hut und Mantel. Auf Michaelis' grauen Haaren fiel er nicht auf. Schließlich machte der Polizist jene Handbewegung, die alles über seine berufliche Beziehung zu Störmer verriet, und drehte sich um.

»Morgen früh, Karl-Heinz.«

Störmer nickte, wandte sich ab und machte sich auf den beschwerlichen Weg durch den mittlerweile fast knietief liegenden Neuschnee. Niemand erwartete ihn, um ihm einen parfümierten Hals zum Trost anzubieten. Niemand legte ihm die Hand auf die schmerzende Stirn. Da war nichts, nur singender Schnee, totes Holz und ein leeres Bett unter dem Dach.

SVEN BÖTTCHER, geboren 1964 in Buchholz, schmiß sein jahrelanges Betriebswirtschaftsstudium in Hamburg kurz vor dem Diplom hin, arbeitete in der Folge als Werbe- und Postkartentexter, Buchhalter, Tiefbauhilfsarbeiter, Werbefilmaufnahmeleiterassistent; lebt als Schriftsteller, Drehbuchautor und Übersetzer im Landkreis Harburg bei Hamburg.
Veröffentlichungen: *Eimer wie ich* (1988) – *Störmer im Dreck* (Krimi, zusammen mit Kristian Klippel, 1989) – *Gefährliche Aura* (1991). Zahlreiche Drehbücher für die TV-Kurz-Kult-Serie *Die Zeit ist reif für Ernst Eiswürfel.*
Übersetzungen: Raymond Chandler/Robert B. Parker, *Einsame Klasse* (1990) – Marx Brothers, *Die Marx Brothers Radio Show* (zusammen mit Harry Rowohlt, 1989) – *A Night in Casablanca* (1990).
Im Haffmans Verlag erschienen: *Mord zwischen den Zeilen* (zusammen mit Kristian Klippel, 1991). Außerdem immer mal wieder Raben-Räte und andere Beiträge zum Magazin für jede Art von Literatur *Der Rabe*.

KRISTIAN KLIPPEL, geboren 1955 in Wittlich/Eifel, studierte Theologie und Philosophie in Paris, Heidelberg, Hamburg, Amsterdam und Rom; lebt als Schriftsteller, Drehbuchautor und Werbetexter in Hamburg.
Veröffentlichungen: *456 und der Rest von heute* (1979) – *Die Apologie des Sokrates und andere Druckerzeugnisse* (Hörspiel,1981) – *Störmer im Dreck* (Krimi, zusammen mit Sven Böttcher, 1989) sowie Beiträge in verschiedenen Anthologien und Zeitschriften.
Im Haffmans Verlag erschien: *Mord zwischen den Zeilen* (Ein Störmer-Krimi, zusammen mit Sven Böttcher, 1991)

Der Rabe

Magazin für jede Art von Literatur –
üppig bebilderte Taschenbücher, begründet und
herausgegeben von Gerd Haffmans, Umschlagzeichnungen
von Friedrich Karl Waechter, F.W. Bernstein, Almut Gernhardt,
Nikolaus Heidelbach und Volker Kriegel

1 **Der Erste Rabe**
vergriffen

2 **Der 20er-Jahre Rabe**
vergriffen

3 **Der erste Ferien-Rabe**
vergriffen

4 **Der Neue-deutsche-Literatur-Rabe**
vergriffen

5 **Der philosophische Rabe**
vergriffen

6 **Der Lust-Rabe**
vergriffen

7 **Der zweite Ferien-Rabe**
herausgegeben von Thomas Bodmer, vergriffen

8 **Der neue Neue-deutsche Literatur-Rabe**
vergriffen

9 **Der klassische Rabe**
vergriffen

10 **Der Brief-Rabe**
vergriffen

11 **Der Reise-Rabe**
vergriffen

12 **Der Arno-Schmidt-Rabe**
herausgegeben von Jan Philipp Reemtsma und Bernd Rauschenbach, vergriffen

13 **Der Glücks-Rabe**
vergriffen

14 **Der Musik-Rabe**
herausgegeben von Thomas Bodmer, vergriffen

15 **Der dekadente Rabe**
vergriffen

16 **Der antike Rabe**
vergriffen

17 **Der postmoderne Rabe**
vergriffen

18 **Der kulinarische Rabe**
herausgegeben von Vincent Klink, Stephan Opitz und Joseph v. Westphalen

19 **Der Schopenhauer-Rabe**

20 **Der Kino-Rabe**
herausgegeben von Thomas Bodmer

21 **Der Eifersuchts-, Ehebruch- und Leidenschafts-Rabe**
vergriffen

22 **Der politische Rabe**

23 **Der historische Rabe**

24 **Der Rausch-Rabe**
herauschgegeben von Bernd Rauschenbach

25 **Der Weiber-Rabe**
herausgegeben von Elsemarie Maletzke

26 **Der Kinder-Rabe**
herausgegeben von Nikolaus Heidelbach

27 **Der Karl-May-Rabe**
herausgegeben von Hermann Wiedenroth und Hans Wollschläger

28 **Der Sport-&-Spiel-Rabe**

29 **Der Irland-Rabe**
herausgegeben von Wolfgang Schlüter

30 **Der gesamtdeutsche Europa-Rabe**

500 **Der Jubel-Rabe**
vergriffen